一 个 人 , 遇 见 一 本 书

TopBook
饕书客

武藏野

[日] 国木田独步

日本自然主义文学大师国木田独步经典作品集

日本国民必读佳作，课本必选篇目

自由、清新、朝气蓬勃，历经百年，韵味不减

『自然主义作家们都在努力向前，唯有他时而飞上天空』
——芥川龙之介

杨漪漪 译

陕西新华出版传媒集团
陕西人民出版社

图书在版编目(CIP)数据

武藏野/(日)国木田独步著；杨漪漪译. —西安：陕西人民出版社，2021.8

ISBN 978-7-224-14257-0

Ⅰ.①武… Ⅱ.①国… ②杨… Ⅲ.①散文集—日本—近代 Ⅳ.①I313.64

中国版本图书馆 CIP 数据核字(2021)第 133942 号

出 品 人：赵小峰
总 策 划：刘景巍
出版统筹：关 宁 韩 琳
责任编辑：王 倩 张启阳
整体设计：哲 峰

武藏野

作　　者　[日]国木田独步
译　　者　杨漪漪
出版发行　陕西新华出版传媒集团　陕西人民出版社
　　　　　(西安市北大街 147 号　邮编:710003)
印　　刷　西安市建明工贸有限责任公司
开　　本　787 毫米×1092 毫米　32 开
印　　张　4.25
字　　数　90 千字
版　　次　2021 年 8 月第 1 版　2021 年 8 月第 1 次印刷
书　　号　ISBN 978-7-224-14257-0
定　　价　25.00 元

译者前言

国木田独步是日本明治时期的诗人、小说家。他一生创作了大量诗歌、短篇小说和随笔，尤以短篇小说见长。他深受华兹华斯“唯情论”的影响，将自然作为作品不变的主题，即便是写人，也致力于刻画一个个鲜活的生命在自然中的生存状态，探索人与自然和谐共处的方式。透过自然观察人生，借着人生体悟自然。

从本质上看，国木田独步是一位浪漫主义作家，其作品的特色就在于如实地反映作者内心的感受。因为他希望自己真诚地度过一生。可以说正是这种忠实于内心，不拘泥于世俗的态度，使得国木田独步成为日本近代自然主义写作的先驱。芥川龙之介评价道：“他是天才。因为有敏锐的头脑，他不能不看地；因为有柔和的心，他不能不看天。自然主义作家们都在努力向前，唯有他时而飞上天空。”

国木田独步的人生中，贫穷、失意与失败总是紧随在旁，这使得他对于穷者、弱者、社会的底层民众，抱持着深厚的同情心与爱心。因此，他用细腻的笔触表现的众多的小人物少有复杂的思辨，没有激烈的抗争，甚至连集中的矛盾冲突也很少遇见。他所书写的人生如筛落枝叶的摇曳光影，时而晦暗，时而明亮。思考、体味和解析这一个个在自然中默默生存的普通人与自然之间的关系，成就了国木田独步作品永恒的魅力和永久的生命力。

为了让读者感受到他文学的伟大之处，译者精选了国木田独步的七部短篇小说代表作，包括《武藏野》《初恋》《少年的忧愁》《离别》《无法忘记的人们》《郊外》和《小阳春》。这些作品寄情于山水，将西方自然表现与传统自然表现相结合，各种细致入微的景物描写既体现出作者独特的自然观，也表达了他敬畏自然和尊重生命的人文情怀。其中的森林、落叶、原野、山径、风吟、水声、鸟鸣、阳光、细雨、霜雪、暮霭……充满无限诗趣和自然之美，抚慰我们走过世间的忧郁与悲伤。

《武藏野》一篇为日本国民必读名文，课本必选之作。文中写秋叶飘落，写溪水静流，倏忽间使心灵降噪，仿佛在人们心里隔出了一小片安静、舒适的空间。在因俗事烦扰之时阅读，能稍稍得到纾解，享受片刻静谧。《少年的忧愁》等几篇“少年题材”作品，反映出20世纪初日本诸多社会矛盾和沉重压力之下，作者通过追忆少年时代的美好时光寻求慰藉，暂时从压抑、沉闷的痛苦中得以解脱。

萌生翻译这些作品的念头是在2018年去日本访学期间。记得当时学习之余，取来国木田独步的日文原版作品细细品读，便立即为他那清新自然、纵情山水的文风所吸引。

这是我平生第一次翻译作品，历时近一年的翻译工作于我而言是一段痛苦与快乐交织的经历。一方面，翻译一部优秀文学作品的念头由来已久；另一方面，我也在准备博士论文答辩。从翻译工作的第一天开始就将废寝忘食当成了常态。能够完成这本译著，我要衷心感谢大连外国语大学赵勇教授的帮助和指导，还有出版社编辑耐心细致的工作，没有他们的辛苦付出就不会有这本书的出版。

正如读者所见，国木田独步20世纪初写下的所见所感，尽管带有上个世纪日本社会的种种烙印，但是其中对自然的尊崇、对人性的思索、对美好幸福生活的向往却穿越百年时空，与今天的读者依然能够产生强烈的情感共鸣。如若能让每一个读到这些文字的心灵得到慰藉，我心中将不胜感恩。学海无涯，译域无疆。译文中的不当和疏漏之处在所难免，真诚欢迎广大读者不吝指正。

杨漪漪

2020年5月23日 于青岛

目录

武藏野

（一）

“如今，在入间郡还留存着些许武藏野旧日的痕迹。”我曾经看到文政年间出版的地图上有过这样的描述。关于“入间郡”，地图上标注了如下说明：“小手指原久米川曾经是古战场。《太平记》中记载的元弘三年五月十一日，源氏和平氏在小手指原开战，一天之中双方交战三十余次，傍晚时分平氏败退三里，在久米川排兵布阵。第二天天色渐明之时，源氏军队横扫了平氏兵阵的故事就发生在这一带。”

我认为，武藏野旧迹仅存的地方想必就是这古战场一带吧。原本打算去探察一番，却迟迟没有动身。实际上，我对自己的判断并没有十足的把握，时至今日，那里还有昔日的风貌吗？无论如何，并不希望通过画作或诗歌去想象武藏野的真实情形，而是希望去实地一探究竟，怀揣这种愿望的绝对不止我一个人。著名的武藏野如今到底是怎样的一番景致呢？实际上从一年前开始，我就希望去找寻这个问题的答案，同时也想满足一下自己探访武藏野的好奇心。现如今，我心中的这个愿望变得越来越强烈了。

话说回来，这个愿望凭借我的一己之力能够实现吗？倒不是说我自己完全无法实现愿望，而是我相信那绝对不是轻而易举能够实现的，这也正是武藏野吸引我、让我着迷的地方。我想和我有同样感受的人也许不在少数吧。

那么接下来，以此时此刻作为开端，让我将秋去冬来在武藏野的所闻所感记录下来，也算是实现了自己的一部分愿望吧。首先，我想用一句话来表达，那就是今日武藏野的美绝对不逊色于过去。倘若你曾切身感受过昔日的武藏野之美，那一定是难以想象、令人沉醉的。但是，今日所见的武藏野的美却足以触动我，甚至值得让我做出夸张的判断。我不禁想，我所说的武藏野之美，与其说是一种美，倒不如叫它诗趣更为恰当。

（二）

我在写作素材不足的地方加入了自己日记中记载的内容。从明治二十九年初秋开始一直到第二年初春，我就住在涩谷村的一间茅草屋里。也正是这个时候，我心中逐渐有了描绘武藏野美好光景的愿望，所记录的也恰好是秋去冬来的所思所想。

九月七日日记：“从昨天开始，一直刮着强劲的南风，空中风起云涌，小雨下下停停，当云层里透出太阳光时，树影就会在阳光的照射下若隐若现，……”

这就是当下武藏野初秋的风貌。树林仍然像夏天一样郁郁葱葱，但是天空的模样已经与夏日完全不同了。南风夹带着雨云使武藏野的天空看起来很低，并且时不时会下雨。在雨水暂歇之时，含着水汽的日光也让四处的山林显得熠熠生辉。我时常这样想，如果能在这样的天气去游览武藏野，那该是多么美妙的事情啊。间隔两天之后，在九日的日记中我写道："秋风愈发强劲，吹遍原野山冈，浮云变幻莫测。"恰好这个时节的天气就是变幻无常，天空和原野的景色也随之不断变化，我更是深深体会到所谓"日光仍如夏日一般炽烈，而云的颜色和风的声音则完全一派秋日景象"那极致的情趣。

我想，把当下作为武藏野秋天的开始，将一直到入冬所写的日记列在这里，就可以展示整个景致随时间不断变化的情况了。

九月十九日日记："清晨，多云，风停了，冷雾寒露，不闻虫声，似乎整个宇宙的中心都陷入沉睡一般。"

九月二十一日日记："秋天似乎消失了一般，树叶如火焰般闪耀着光芒。"

十月十九日日记："月朗星稀，树影漆黑。"

十月二十五日日记："早晨大雾弥漫，午后天空放晴，入夜，月光透过云的间隙洒下清辉一片。晨雾还未散尽的时候，我走出家门，到田野去散步，遍访山林。"

十月二十六日日记："午后，去树林散步，坐在林子深处，环顾四周，侧耳倾听，屏息凝视，静默沉思。"

十一月四日日记："秋高气爽，夕阳西下，微风轻拂。我独自一人来到郊外，远在天边的富士山仿佛近在眼前，四周连绵起伏的青山在地平线上勾画了一抹黛黑色。星光点点，暮色降临，群山树影渐行渐远。"

十一月十八日日记："沐浴着月光散步，烟雾氤氲，月光的清辉散落林间。”

十一月十九日日记：“天气晴朗，云淡风轻，寒露冷凉。满目萧然的黄叶之中夹杂着些许绿树。小鸟在树梢上嘤嘤地鸣叫。一路上不见人影。我独自一人散步，沉思，轻声哼唱。不知不觉间在近郊转了一圈。”

十一月二十二日日记：“夜已深了，屋外狂风大作，呼呼作响。肆虐的大风横扫过整片山林。虽然雨滴声被隔在窗外，但是我总希望雨已经停止了。”

十一月二十三日日记：“昨夜风雨交加，树叶被打落一地。稻田也已收割完毕。已然一派冬日枯黄凋零的模样。”

十一月二十四日日记：“树叶还未尽数凋落。遥望远方，我的心也消沉下来，感到空荡寂寥。”

十一月二十六日深夜十点，如此这般写道：“屋外狂风嘶吼，大雨瓢泼，令人毛骨悚然。一夜雨声阵阵，不曾停歇。今天终日雾霭茫茫，田野山林仿佛陷入永远的梦境一般。午后牵着爱犬出去散步。静坐山林，小狗熟睡。小溪在山林间逶迤流淌，落叶顺着溪流漂向远方。秋冬之交的阵雨偶尔不期而至，穿过树林滴落在落叶上，静悄悄的，没有一丝声响。”

十一月二十七日日记：“经历了一夜风雨，今早天空彻底放晴，阳光明媚。站在屋后的山冈上极目远眺，富士山白雪皑皑的山顶耸立于群山之上，风清气爽。这就是初冬的清晨吧。稻田里水波荡漾，山林树影倒映其间。”

十二月二日日记：“今早霜降，初升的朝日映照在似雪一般的露霜上，绚烂夺目。没过多久，天空薄云浮动，日光更显寒冽。”

十二月二十二日日记：“今天，下了一场今冬的初雪。”

明治三十年一月十三日日记：“夜深了，风停林静，雪一直在下。提灯出门，飘雪在灯影中漫天飞舞，绚烂夺目。啊，武藏野陷入一片静谧安详之中。这时，当你侧耳倾听，似乎能听得见那边远处树林深处掠过的风声，真的是风声吗？”

一月十四日日记：“今早下起了大雪，葡萄架被雪压塌了。入夜已深，远远地能听得见风掠过树梢的声音，这就是响彻武藏野山林的冬夜寒风。漫山遍野，丛林深处，这朔风所过之处，无不被摧残，被撕扯。屋檐四周滴滴答答作响，尽是雪融化的声音。”

一月二十日日记：“美丽的清晨。天空晴朗，万里无云，大地上的寒霜如白银一般闪闪发光。小鸟在枝头清脆地鸣叫，树梢如同针一样尖锐。”

二月八日日记：“梅花盛开。月色妖娆。”

三月十三日日记：“午夜十二点，月如钩，风急云涌，山林鸣。”

三月二十一日日记：“夜里十一点。听着屋外的风声，时而远时而近。春天脚步临近，冬日渐行渐远。”

（三）

传说昔日的武藏野拥有萱原一带一望无尽的风光，那绝世的美景足以名扬天下。但是，今日武藏野最美的风光在于树林。实际上，树林之美亦可称得上是如今武藏野的特色了。林中树木以橡树为主，冬天橡树尽数落叶，春天又会是一派青翠欲滴的模样，这使得秩父岭以东数十里的山野总是随着季节变幻无穷。春夏秋冬一年四季，霞光、风月、雨雪、绿荫、红叶等等精彩纷呈的风景呈现出来的妙不可言，是生活在九州或者东北地区的人所难以理解的吧。原本，日本人对于橡树之类落叶林的美并不十分熟悉。在日本的文学和美术等艺术创作中，一谈及树林，人们就会自然地联想起松林，诗歌当中也很少见到描写在橡树林深处侧耳听雨的内容。我出生在九州，少年时代开始来到东京生活，到现在已经十年有余了。也是直到近些年，我才逐渐了解到落叶林之美，并且下面这篇文章也教会了我许多，更使我受益匪浅。

九月中旬左右，我曾经在桦树林中独坐一天。那天，从早上开始就淅淅沥沥地下起了小雨，偶尔天空放晴也会有暖阳照射下来，真是变幻莫测的天气啊。刚刚觉得漫天淡云缭绕，转瞬间云间又会露出些许缝隙，那缝隙就像伶俐的人眼一般，从拨开的云间可以看到清澈明朗的天空。我静坐林中，环顾四周，侧耳倾听。树叶在枝头微微颤动，只要倾听那声音就能够知晓是什么季节。那声音不是早春欢快有趣又熙熙攘攘的喧闹之声，不是夏日舒缓畅快的松涛之声，也不是冗长的说话声，更不是秋末那战战兢兢又略带寒意的喋喋不休之音，而是似有又无的隐隐约约的喃喃细语。微风静悄悄地掠过树梢，在时而晴朗时而阴雨的天气里，被雨水滋润的树林景色也在不断地发生着变化。又仿佛是树林中所有的一切同时在微笑一样，稀稀疏疏的桦树那纤细的树干似白绢一般，带着柔和的光泽，细小的落叶铺满林间，很快就在阳光的照射下发出耀眼的金黄色。齿状蕨类植物像是被挠抓起来的蓬松头发似的，它们伸展着优美的茎秆，带着熟透了的葡萄皮颜色，原本无边无际纠缠不清的模样现在也能够看得清楚透彻了。

又或者四周骤然间变得昏暗下来，没过一会儿，周围的景物竟也变得模糊不清了。白桦树林就像堆积的雪一般闪耀在日光下，白雾朦胧一片苍茫。不知不觉中，天空飘起小雨，像是低声私语一般纷纷落下，给人一种异样的感觉。桦树的叶子即使失去了明艳的光泽，但还是留有些许的青绿色，只有四周的幼树已经完全变成了或红或黄的颜色。偶尔透过树枝间隙洒下来的阳光，使得那些刚刚被雨水打湿的繁茂的细枝沐浴在日光之下，闪烁着耀眼的光芒。

这是屠格涅夫所著，二叶亭四迷翻译的短篇小说《幽会》的开篇一节。我对落叶林景趣之妙的理解，正是源自这篇在丰富的自然环境描写上着墨颇多的佳作。这篇作品描绘的是俄罗斯的风景，因此以桦木林的景色为主进行了描写，而武藏野的树林中多是橡树，虽然树林中植物种类各异，却有相似的落叶林之趣。

我自己曾经时常这样想：武藏野的树林如若不是橡树而是松树之类，那它就会变成缺乏变化、色彩单调的景致，也就毫无珍贵可言了吧。

因为是橡树，所以叶子会变成黄色。叶子变色之后往往就会纷纷落下。秋冬之交的阵雨时下时停，带来阵阵寒意。一阵寒风朝小丘袭来，成千上万的树叶飞向高空，宛如一群小鸟飘飞远方。当树叶落尽的时候，方圆数十里的树林一下子裸枝尽现，冬日的碧空高高地悬垂于树林之上，整个武藏野也陷入了一片寂寥之中。晴空万里，甚至远处传来的声音也清晰可辨。我曾在十月二十六日的日记里写道：“坐在树林深处，环顾四周，侧耳倾听，屏息凝视，静默沉思。”二叶亭四迷翻译的《幽会》一书中也曾写到作者自己坐而四顾并侧耳倾听的情景。在秋末冬初的武藏野，这种侧耳倾听是再合适不过的体验了。倾听那秋日树林里发出的声响，倾听那冬日树林远处传来的回音。那鸟儿振翅高飞、啾啾鸣叫的声音。那秋风或轻轻拂面，或浅吟低语，或呼啸而过，或吼声阵阵。那草丛之下、树林深处的虫鸣。那空货车绕过树林，顺坡而下，穿过田野小径的声响。那马蹄踏在落叶上的沙沙声，也许是骑马演练的侦察兵，也许还有相伴远游的外国夫妻。那村民操着方言高谈阔论，他的说话声不知何时竟愈来愈远。还有那独自寂寞赶路的女人的脚步声，那远处传来的炮声，那对面树林里传来的枪声。

我曾带着爱犬探访近郊的树林，当我坐在树墩上看书时，突然间树林深处响起物品掉落的声音。趴在我脚边的爱犬也竖起耳朵直直地盯着那个方向看，如此而已。大概是栗子掉落的声响吧，因为武藏野一带也有非常多的栗子树。

如果下起秋雨，武藏野就没有如此这般的安静了。山村的秋雨往往也成为日本和歌的题目。那雨水一大片一大片，从这边原野的尽头一直到那边原野的尽头，越过树林，跨过森林，横扫田野，之后又越过树林。那如入无人之境的秋雨声寂静悠远，有一种文雅大方的意趣之妙。那温柔如水又令人怀念的感觉实际上就是武藏野秋雨的特别之处。我也曾在北海道的树林深处遇到过秋雨，恐怕因为那是人迹罕至的原始森林的缘故，秋雨之趣更是深远悠长。然而，武藏野的秋雨之所以让人怀念，是因为它没有低声私语一般的意趣。

从仲秋到初冬的这段时间，我试着探访了中野、涩谷、世田谷还有小金井深处的树林，走累的时候，坐在山林间稍事休息缓解疲劳。总有一些声音，时而响起时而停止，时而近在咫尺，时而远在天边，那是枝头的树叶在无风时掉落下来发出的微弱之声。有时连那样一点微弱的声响都消失时，不由得让人顿感这大自然的静肃，甚至你能够感受得到那永恒的呼吸。

武藏野冬日的夜晚，星辰灿烂，寒风凛冽，似乎要将繁星吹落一般，我在日记中经常会描写那些响彻山林的风声。那风声总会让人思绪飞扬，每当我听着忽远忽近的风声，就会不由得联想起，在久远的过去，武藏野一带人们的生活。

熊谷直好在和歌中写道：

万叶萧萧彻夜听，微风潜度几曾停。

直到我自己来到这大山之中，在茅草屋里度日，才真正体会到这首和歌中的心境。实际上其中描写的，就是武藏野冬日的村居生活。

坐在山林之中，我感到阳光最美丽的时节正是春末夏初。虽然如此，在这里还是不应该写这些。退而求其次，便是秋天霜叶时节的阳光了。在半黄半绿的树林中散步，碧空如洗，从树梢的缝隙中仰望天空，只见那日光随风而动，摇曳于叶尖之上，这种美简直是妙不可言。日光也好碓冰也罢，这些名胜古迹自不必说。每当层林尽染的时节，就连武藏野这样广袤的原野山林地带，在落日的余晖中也会呈现出如同烟火绽放般奇特的美景。倘若登高远眺，就能将这壮丽的景色尽收眼底。如若没有登高的条件，单单欣赏这平原的景致，虽略显单调，但也有人仅由此一景即可想象那幅员辽阔、无边无际的风景了。不断地展开你丰富的想象吧，向着夕阳的方向漫步，走在尽是秋叶的树林之中，这是何等有趣的事情啊。当你走到树林的尽头，便又是原野了。

（四）

在十月二十五日的日记中，我记录下散步原野探访山林的过程，接着在十一月四日的日记里写道：“夕阳西下，微风轻拂。我独自一人来到郊外”。为此，我想再一次引用屠格涅夫的原文。

我停住脚步，采摘花束，然后出了树林，向原野走去。太阳在青色的天空中低垂着，飘动着，光照也显得苍白而冷峻。哪里有什么阳光普照，看起来四下里弥漫着的，仿佛仅仅就是朴素而朦胧的淡蓝色。虽然再有半个小时左右就是日落时分，但是晚霞已经将天际染成了火焰般的颜色。收割后的麦茬光秃秃的泛着黄色，被凛冽的秋风一扫而过。我回头看，那些纤细的落叶也被大风吹得四处飞扬。它们或是横扫过树林边的马路，或是从我身边旋风般掠过，抑或是径直冲向天空仿佛形成了一堵墙壁。树林中到处都是树叶在沙沙作响，最后，那些天空中乱舞的落叶犹如珠玉粉末散落一般，在并未形成耀眼的光芒之时，旋即纷纷落下。分不清是枯草、狗尾草还是稻草，蜘蛛网和它们缠绕在一起，随风飘动，泛起层层波浪。

我停下脚步……心中生出些许不安。眼前的这些景象虽然清淡素雅，但是除了极尽寂寞荒凉之外，既无趣又乏味。这不由得让人感到即将到来的冬季多半会寒意阵阵。胆小的乌鸦早已换上了厚厚的羽毛，迎着凛冽的寒风，高高地昂起头飞翔而过，忽然转回头来，斜着眼睛注视着我，转而又突然冲入云霄，声嘶力竭地鸣叫着，消失在树林的另一头。鸽子从不孤零零几只而是成群结队声势浩荡地从粮仓的方向飞来，突然排成像柱子一样的队形盘旋着向高空飞去，转瞬间又四散分开俯冲向田野。——啊，这就是秋天呐。似乎能够听到有人驾着空车从秃山野岭的那一边经过，那空车的声响久久地回荡在空中……

以上，虽然描写的是俄罗斯的原野，我却发现武藏野的原野由秋入冬的光景也大抵如此。武藏野几乎没有完全的秃山野岭，却像大洋里的波浪一般高低起伏。表面看来是一马平川，倒不如说是高冈之上四处分布的都是或低或浅的山谷和沟壑更恰如其分。谷底多半是水田，旱田主要都在高冈上，也正是因为如此，高冈被树林和田地分割为各式各样的区域。旱田也就是原野了。

所谓树林也并没有绵延数里，甚至也就仅仅一里多，田地也不是一望无际的。大致的格局是，在一片树林周围有些田地，一顷田地三面环绕着树林而已。农家的房舍分散其间，进一步分割着武藏野的景致。也就是说，原野也好树林也罢，由于它们相互混杂地交织在一起，让人感觉忽而走入了树林，忽而又步入了原野。这就是真实的武藏野所呈现的一种特色，无论是这里的自然风光还是农家生活，均不同于北海道那些不经雕琢的原始森林风貌，因而两者的自然趣味也就大相径庭了。

随着稻谷逐渐成熟，山谷里的水田也慢慢地泛黄。水稻收割完毕后，水田里会重新被注入溪水，于是又呈现出树影倒映在稻田里的景致。这时正值收获萝卜的时节，当萝卜被尽数拔出后，就会看到人们在各处的水洼或是小河畔清洗萝卜。而在旱田地里，小麦已经发出了绿油油的新芽。有时也会看到麦田的一边，那些未经开垦的荒郊野地里，芒穗和野菊花随风飘摇。萱原的一部分地势更高，这里的高冈看起来甚至连着天际，登上高冈的缓坡，就会望到那连绵不绝的山林跨过连着国境线的秩父那黑压压的山岭，时而宛如游走在地平线之上，时而又恰似沉没到了地平线之下。

接下来，是不是应该从这里往旱田的方向走一走看一看呢？或者应该平躺在旱田那边被层层叠叠的干草覆盖的萱原上，一边躲避着强劲的北风，一边沐浴着南国微温的阳光，顺便眺望一下旱田旁边的树林，欣赏一番那里的草木摇曳生辉、沙沙作响的风姿呢？又或者应该继续向树林的深处前行呢？我经常如此犹犹豫豫，举棋不定。这样，我自己会觉得困惑吗？绝对不是。因为积累了丰富的游览经验之后，我就知道，无论怎样选择通往武藏野的游览线路，都不会让人失望。

（五）

我的朋友曾经从武藏野给我寄过来一封信，其中的一段这样写道："这段时间，我一个人在夕阳西下时分去萱原散步，时常想，在这原野之中纵横交错的数十条小路上，几百年来经过此地的人们多么希望看到清晨的露水红霞和夕阳下的绚烂云朵，又有多少人看到这些风景顿生惆怅之感。散步时，讨厌彼此的人会为了避免相遇而选择不同的路，也会有情投意合的人，相携相伴手牵手在一条路上走下去。"走在如此的田野小径上，不免让人联想过往。但是武藏野的小路却不同，即使人们不曾相逢，到了这里便是一种相遇，即使为了避免遇到而选择不同的路，也会在某个树林的拐角处意外碰面吧。所谓路，不就是向右绕一圈就变成了左边吗？或是穿过树林，或是跨过原野，尽是曲折蜿蜒的所在。如若说笔直的路，那恐怕只有铁道线路之类的了。但是也存在那种从东面出发最后又转回东面的迂回线路。还有的时而隐藏在树林里，时而出现在原野上，时而又隐藏回树林里，就像那通向原野的道路。已经走上了另一条渐行渐远的路的人影，恐怕很难再看到了。但是无论如何，走在武藏野的小路上，会更加引起人们的思索，这却是事实。

在武藏野散步的人们，都不会觉得迷路是件受苦的事。无论在哪一条路上，只要照着既定的方向前行，总会看到、听到、感觉到你应得的收获。武藏野的美，不需要提前计划，只需要你亲自去走一走，在那纵横交错四通八达的数千条小路上，就能感受得到。无论春夏秋冬、清晨白昼、夕阳夜晚，或是风花雪月，或是霜雨寒雾，只要沿着某一条小路闲庭信步一番，任由思绪四处飞扬，无论走到哪里，总有让我们心满意足的东西。这些实际上是我自己深切感受到的，可以算得上是武藏野的第一大特色了。在日本，除了武藏野，哪里还有这样的风景名物？北海道的原野当然没有，奈须野也没有。山林和原野巧妙地连接在一起，生活和自然如此完美地融为一体的地方，除此之外还有哪里？事实上，正是因为这个缘由，武藏野的路才成为最具特色的山野之径。

如果有一天，你一个人漫步武藏野。走着走着，突然前面出现了三条岔路，当你感到困惑无比，不知道应该走哪一条时，不妨将手杖扔在地上，朝着杖头所指的方向走走看。也许那条小路将带领你去到一片小树林。如果快到树林中央时，又出现了两条岔路，选择路口相对较小的一条试试。或许那条小路又会把你带到另一个绝妙之处。那是树林深处的一处墓地，四五块长满苔藓的墓地并排在一起，墓地前巴掌大的空地旁边开着女郎花。如若能听到头顶树枝上小鸟的鸣叫，你该是多么幸福啊。往回走时，再选择左边的路走走看。转眼间，在树林尽头，展现在你面前的是一块广阔的原野。脚下延伸出去的是一段缓坡，一望无际的茅草郁郁葱葱。芒穗头顶上反射着日光，萱原的前面不远处是旱田，旱田的前面是一片低矮的灌木丛，越过灌木丛就能看到远处杉树林的模样。地平线之上浮云缭绕，透过云雾缝隙隐约能看清那贴近浮云颜色的峰峦叠嶂。十月里，小阳春般的天气风和日丽，令人心情舒畅的清风拂面而过。如若你往萱原的方向走下去，当你发现眼前的风景大部分都隐藏起来的时候，你多半已经来到了一处山谷的狭窄谷底了。你会发现，在萱原和树林之间竟隐藏着一道不可思议的细长的溪水。溪水清澈见底，晴空和白云清晰地倒映其间。池畔长着些许枯干的芦苇。顺着溪畔的小径走一会儿，就会发现又是个两岔路口。往右走还是树林，往左走是一段坡道。如果是你，一定会选择爬上坡道看一看吧。总之，漫步武藏野时，选择高一点再高一点的地方就是为了能够眺望到更高更远更辽阔的风景。然而，这种愿望是不容易达到的。用俯视风景的方式去眺望远方，这是无论如何都做不到的。这样的念想还是从一开始就放弃比较好。

如果你想打听路怎么走，可以试着向田地里劳作的农夫请教。如果农夫是四十岁以上的年纪，当你大声问路时，他会被你吓一跳，然后冲着你的方向，大声地告诉你该怎么走。如果你遇到的是小姑娘，那最好走近她身边轻声问路。如果你碰到的是个年轻男人，那么摘掉帽子恭敬问路是好的选择。他一定会大大方方地告诉你，不会冲着你发火。这就是住在东京附近的年轻人的品性。

沿着刚刚打听到的路往前走，前方又出现了岔路。在我看来，虽然别人指的路过于窄小又模样奇怪，但我还是走了下去。突然间，来到了一家农户的院子前。我很吃惊，果不其然，这条打听来的路线确实是不靠谱。我走上前去再次问路，农户里的人敷衍着回答道：“出了大门便是大道。”我走到农户的大门前，推开来，果然发现面前有一条似曾相识的大道。原来这是一条捷径，你可能想不到我心里可是乐开了花，这时我在心中默默地感谢那个最初给我指路的人的好意。

笔直的大路两侧，尽是黄叶的树林绵延了四五町长。沿着这条路独自前行该是何等愉快啊。右侧树林的树梢在夕阳照射下熠熠生辉。几乎能够听到落叶偶尔掉下的声音，四周如此静谧，让人感到分外寂寥。到处杳无人烟，不会遇见任何一个人。如果正赶上叶落集中的一段时间，落叶会将道路埋没，足踏落叶发出沙沙的声响。透过树枝甚至能够看到树林的深处，树梢像银针一般直插云霄。越往树林深处去越见不到人影，这让我感到更加寂寞。踩在落叶上，脚步声无形中被放大，我被一只匆匆掠过的山鸠的振翅声吓了一跳。

原路返回是愚蠢的，因为那一定会索然无趣。即使迷路也不过是在武藏野而已，更不存在行至日暮受困其中的问题。归程依然该首先大概确定方位，漫无目的地选择不同的路才是最让人兴致盎然的。令人意想不到的是，竟然欣赏到了落日的美景。落日悬在富士山的山脊之上，并没有很快沉没下去。缭绕在富士山半山腰的云彩被镀上了一层金黄色，并不时地变换着各种形态。连绵的山脊上覆盖着如同银链一般的雪，逐渐向北蜿蜒，最终被淹没在密云里。

日落时分，田野里的风逐渐强劲起来，山林也在风中呼啸作响。武藏野的日暮，寒冷深入骨髓。这时，我急匆匆地赶路，来不及回顾遐思，在枯林树梢的旁边，一弯新月寒光逼人。强风似乎要将新月从那树梢上吹落似的。不多时我已走出树林，来到了田野。此情此景，是否也会让你想起“山昏夕阳落，荒野芒草枯”的名句呢?

（六）

这已经是三年前夏天的事情了。我和朋友从市中心的寓所出发，到三崎町停车场乘车，一路来到了市郊。我们下了车，径直往北走了四五条街道，来到了一个名叫樱之桥的小桥前，走过了桥，路边有一家小茶馆。茶馆的老奶奶问我：“这个时间来这里，有何贵干啊？”

我和朋友相视一笑，答道：“我们是来散步的，只是为游玩赏景而来。”老奶奶也笑了，那笑容颇有些嘲笑讽刺的意味，“难道你们不知道樱花是春天盛开的吗？”我尽力给老奶奶解释，在夏日里来到郊外散步是何等美妙的享受。结果她的一句“东京人都是悠闲自在的”，证实了我所有的解释都是徒劳的。我们不断地擦着热汗，品尝着老奶奶给我们切的甜瓜，又在流经茶馆旁的一条一尺见宽的小河渠里洗了洗脸，然后离开了这里。听说，这小河渠里的水是从小金井引过来的，因此水质良好，清澈见底，溪流从青草间穿过，令人心情舒爽惬意。时常有啾啾鸣叫的小鸟飞来小河渠旁，沾湿了翅膀，好像为了喝水解渴似的。但是茶馆里的老奶奶完全不顾这些小鸟，依然朝朝暮暮在这河渠里清洗着锅碗瓢盆。

离开茶馆后，我们沿着小金井的河堤往溪流的上游漫步。啊，那天的散步真是令人愉快。诚然，小金井是赏樱的胜地。在这盛夏的时节里，沿着河堤散步，在旁人看来也许愚蠢可笑吧。但是，那一定是不懂得武藏野当下的夏日光景是何等美妙的人才会做出的评价。

空中翻滚着冒着暑热之气的云，云深之处还藏着云，层层叠叠，层云之间偶现蓝天，在云和蓝天相接的地方，呈现出一种介于银白色和雪白色之间的淡薄之色，透明而温和，在那里能看到更加深邃的蔚蓝天空。仅仅这些还不是最具夏天特色的景象，一种模糊朦胧的颜色似霞光，在云朵之间穿行，打乱了整个天空的情景，形成了参差不齐、任意放纵、错综复杂的模样。撕开了云层的光线和云层间渗透出来的暗影彼此之间交错着，呈现出自由奔放的样子，在天空中漫无目的地缓缓移动。树林也好，树梢也罢，甚至是草叶的尖端都融化在了这光辉和热气之中，像睡熟了一样倦怠慵懒，又似喝醉了一般迷迷糊糊。树林的一部分像被劈开了一般，间或能从那树林间的缝隙里看到广阔的原野，整个原野之上热气蒸腾，绵延不断，一眼望不到边。

我们一边擦着热汗，一边仰望天空，瞧瞧树林，眺望一番天空和树林的连接处，就这样气喘吁吁地终于到达了河堤的顶端。辛苦吗？怎么说呢，无论如何总觉得浑身上下气息通畅，充满着活力与健康。

在长堤上三里左右的路程里，几乎看不到人影。农户的院子前面，草丛里有时会突然窜出一只大狗，好奇地打量着我们，之后打着哈欠消失得无影无踪。树林的那一边，高大的震颤着翅膀的公鸡打起了鸣儿，这公鸡也许被圈养在米仓旁，或是杉树林里，或是草丛之中，清脆明朗的叫声清晰可辨。

大堤之上，家鸡成群结队在樱树下游荡。远远地眺望那流水之上，直线型流淌的河渠的尽头像是撒播了银粉一般，渐渐消失在阴影之中，走近一看又好像是闪着银辉的箭头。我们站在小桥上，比较着上游和下游的景象。由于光照情况不同，流水的妙趣也是变化多端。突然水面之上变得昏暗，云影快速流动，很快飘到我们的头顶，转瞬间又停了下来，开始偏离原来的路线飘到旁边去了。

不一会儿，水面上耀眼的光芒熠熠生辉，两旁的树林、河堤上的樱树，宛如雨后青草般绽放着明艳的绿光。桥下流水温柔的声响令人心旷神怡。

这流水声既不是河水撞击堤岸所致，也不是浅滩细流的声响。河渠中水量丰沛，由黏土修葺的渠道在水的冲刷下形成深沟，水流与水流互相交织纠缠，前赴后继，形成了水流独有的声音。这是多么令人神往的声音啊。我不禁想起一首英文诗中的句子：

——让我们合着舒缓的水声，
哼唱着一些尘封的老歌，
才配得上夏日正午的时光。

我环顾四周，找寻着是否有一位七十二岁的老翁带着一个少年，坐在那片樱树林之下。我想，散住在这溪流两岸的农家都该是何等幸福的人们啊。当然，戴着麦秸做的草帽，拄着手杖漫步河堤的我们，也是幸福的。

（七）

那位和我一同沿着小金井的河堤散步的朋友，已经成为审判官，去地方上任职了。他看到了我之前写的文章后，写了下面这段话送给我。为了读起来方便，我觉得有必要在这里做一引述。

武藏野既不是通常所说的关东八州的平原，也不是当年道灌借来当作蓑衣用的唐棣花的那个传说[①]的发生之地。在我自己的心里有一个划定了界限的武藏野。这个界限就像国界、村界，或是古迹等很多东西，就像已经确定好了似的，我自己根据下面的这些想法界定了那个范围。

我所认为的武藏野的范围里包含东京，但是又不能将东京算进去。因为现在的东京，既有高楼鳞次栉比的农商省等政府机关，也有审判过铁管事件的法院，街道众多，纵横交错，密如蛛网，你完全无法想象那里的昔日风貌。最近，我的一位德国女性友人评价道，东京应该叫作“新都”。确实如此，今日的东京相较于德川幕府时期的江户城，可真衬得上这“新都”

① 太田道灌是江户城的筑城者，被人称为“江户之父”，是关东一带的名人。相传道灌年轻时有一次外出游猎，半路上突然下起了暴雨，于是便来到一户农家请求借一件蓑衣。那时出来了一个少女，但是没有给他蓑衣，而是递给了他一朵山吹花（唐棣花）。道灌觉得这个少女很莫名其妙，很不愉快地离开了。后来，道灌把这个事情讲给家臣们听。其中有一人很博学，他道出了其中的隐义。他说，在《后拾遗和歌集》中有一首歌写道：“七重八重 花は咲けども 山吹の実の一つだに なきぞ悲しき/七层八重的花繁盛地开放了，可悲的是山吹的籽实一颗也没有”。其中，籽实（mino）的读音与蓑衣(mino)相同。那位少女其实是在委婉地表示：家里贫穷得连一件蓑衣也没有。道灌感到非常惊讶，也为自己的无知而感到羞耻，此后开始孜孜不倦地学习，提高了自己在和歌创作上的造诣。道灌文武双全，死后留下了五大卷的《太田道灌文选》。

的评价了。因此，必须将东京从武藏野的范围内除去不可。

但是，东京市区的边界地方，也就是市郊范围却不能够被剔除掉。我认为在描写武藏野的诗情画意时，必须将东京的郊外作为一个题目写一写才好。比如，你所居住的涩谷的道玄坂附近、目黑的行人坂，还有我们俩经常会一起去散步的早稻田的鬼子母神附近的小巷、新宿、白金……

若要真正理解武藏野的风土人情和闲情野趣，那就不能仅仅从武藏野的田野去眺望富士山、秩父山脉或是国府台等地，还必须远眺并回想被那些风景包围在中央的首都东京的风情。因此，我们有必要描述一下，距离东京三五里路程的郊外的平原景象。在你的那一篇作品中，曾经描写过生活与自然紧密相连的情形，并不时穿插着许许多多各式各样偶遇的乐趣，那情景确实是那样的吧。我也曾有过这样的经历。我带着弟弟沿着多摩川远足时，走过一两里路，再走上个半里路左右，就会看到排列整齐的房舍。之后，眼前呈现的往往就是一番这样的景致，家家户户的房屋鳞次栉比，刚刚路过一排房屋，紧接着又是一排。在这样一走一过的过程中，有时你会接触到房舍里的人家或是动物，有时又只有草木山川与你相遇。我觉得这种富于变化的点点滴滴、角角落落才真正是点缀生活的乐趣所在。为了刻画这些风土趣味，我们就应该写一写那散布于武藏野平原的一个又一个的车站，或是即便称不上车站的那家家户户的房屋也好，用绘图师的行话说就是连檐屋。

我想，无论如何都应该将多摩川划入武藏野的范围内。虽然，我们的祖先曾经为这条河流取了许多类似于“六玉川”这样的名字，但是无论如何，像武藏的多摩川这样美妙的河流，在其他什么地方还能够找得出来吗？多摩川这条河连接着平原和低矮灌木的有趣之处，正如同首都东京与郊外相连之处的有趣所在一样，包含了无穷的意义。

接着，我们再考虑考虑东面的那一片平原吧。因为这里比较开阔，水田众多，地势较地平线稍低一些，所以似乎应该被排除在外，但它终究还是和武藏野的气质并无二致，也还应该算作武藏野的范围之内。从龟井户的金线堀附近开始，一直到木下川沿岸为止，水田、树木、房屋相映成趣的景象都构成了武藏野的一部分。尤其要举个例子说明一下，如何在这里欣赏富士山的景色，就更能证明这一切了。为了让富士山看上去更加高大而雄伟，我们只有从这里眺望才好，就如同我们特意跑到逗子的“叶山港”去远眺富士山一样。再举一个筑波的例子，欣赏筑波的景色也可以说明这一点。为了欣赏筑波暗影低垂遥不可及的美感，我们跑到关东八州的一角来感受武藏野传递出来的意义和气息。

但是，沿着东京的南北走向，武藏野绵延的范围却非常狭窄。甚至可以说几乎没有。因为地理位置的原因，加之这里有铁路通过，也就是说，铁路使得“东京”横贯了武藏野，并且直接地与其他地域相互连接起来。不管怎么说，这就是我的感受。

因此，我认为武藏野的范围应该起始于杂司谷，从那里开始画一条线，经过板桥的中仙道西侧一直到达川越附近，也将你在第一章中提及的入间郡囊括在内，最后，来到了环行甲武线的立川站。在这片范围里，所泽、田无等车站都是多么有意思的所在啊……特别是夏日绿意正浓之时。且说，从立川出发，以多摩川为界限，乘坐下行列车一直到达上丸附近。八王子是绝对不在武藏野的范围之内的。之后，再从丸子开始返回到下目黑。在这片区域里，分布着布田、登户、二子等妙趣无穷的去处。以上就是西半面的情形。

东边的这半面，大概从龟井户附近开始，经过小松川，再从木下川绕过堀切，一直来到千住附近为止。关于这个范围，如果你有异议可以剔除掉。但是这些地方都有它们的可爱之处，并且与武藏野无异，理由嘛，我已经在前面讲过了。

（八）

对于朋友的以上主张，我并无异议。特别是他建议以东京市的郊外为题材作一篇文章，关于这一点我尤其同意，我自己也曾经有过这样的想法。将“东京的郊外”划归入“武藏野”的一部分，听起来略显突兀，实际上并没有什么奇怪的，而且是非常合适的。这就和描绘大海时，加入一些海浪拍打海滩的描写是一个道理。但是，我打算将这个写作计划稍微放一放。现在先来继续讲一讲我和朋友在小金井河堤上的散步，首先说一说武藏野的流水。

说起武藏野的水，第一要数多摩川，其次是隅田川。当然，我想充分地好好地描写一番的是这两条河流的情况，但是这些想法暂时也放到以后再议，我还是决定首先梳理一下流经武藏野的河流概况。

比如，小金井的河流构成了武藏野水系的一部分。这条河一直延伸到东京的近郊，它流经千驮谷、代代木、角筈等村落，然后流入新宿，最后形成了四谷的上游。同时，从井头池和善福池流出的水就成为神田的上游。还有一部分流到了目黑附近，最后汇入品海。那么流经涩谷附近的河水最后流淌到了金杉。另外，那些后来并入若干条不知名的细流小渠的小金井源头的水系，也许冷眼看着没有什么特别的美妙之处，但正是这些流水不分平原高冈，穿过山林，跨过原野，或隐或现，蜿蜒逶迤，从而形成了武藏野一年四季变幻无穷的妙趣，那都是足以撩拨我们心绪的绝美景色。我自己生长于山林众多的地方，也许是习惯了大江大河给我留下的流水清澈见底的感觉，所以初到武藏野，接触到了这里的河流，除了多摩川，其余所有流水的那浑浊泥泞的样子惹得我并不舒服。但是，渐渐地看习惯了，我竟然也觉得这稍微有些浑浊泥沙的流水才更适合武藏野的平原景致吧。

我回想起，四五年前一个夏日的夜晚，和那个朋友相伴到近郊散步的事。大概晚上八点左右，我们路过神田上游的一座桥。这一晚，月朗风清，原野和树林仿佛都笼罩在一层白纱之下，说这是良辰美景也不为过。桥上聚集着四五个村民，他们凭栏临水，有说有笑，甚至还唱起了歌。这些人当中有一位老翁，时不时地跟年轻人们一起开开玩笑、唱唱歌曲。月光皎洁，将我们眼前的光景笼罩在一片氤氲朦胧的椭圆形里，仿佛一首浮现在我脑海中的田园诗。我们自己也走进了这个画面中，和大家一样倚着栏杆仰望明月。月影倒映在舒缓澄净的水面上，熠熠生辉，晶莹闪亮。小飞虫掠过水面，撩拨起阵阵涟漪，顿时那水中的月影也轻轻地泛起褶皱。一条小溪从林间蜿蜒而出，而后又入山林绕了大半圈，最后隐没在树林里，消失不见了。树梢上细细碎碎的月光落入微暗的水面，散发着耀眼的光芒，闪闪发亮。河面以上四五尺的地方，弥漫着一层水蒸气，形成了一片薄薄的雾霭。

这是萝卜丰收的季节，散步郊外，到处都能够看到农夫们在小河岸边清洗着萝卜上的泥土。

（九）

姑且不谈论道玄坂，也不说白金，总之，我们就唯独说说这东京街市的尽头处。这里有的变成了甲州街道，有的叫青梅道，或者叫中原道，或着叫作世田谷街道。这些街道延伸到郊外的树林田地时，也就区分不清是街市还是驿站了。我描写这种生活和自然融合在一起所呈现的光景时，感叹着这些唤起我的诗情逸致的美妙之处。为什么这些地方会让我们有感而发呢？我可以用一句话回答这个问题。那就是东京郊外的风景会让人在不知不觉中产生这样的想法——这就是人们生活的社会缩影。换句话说，无论在乡下还是城市，那些让大家感兴趣的故事、令人惆怅的故事或是让人捧腹大笑的故事，无不隐藏在那三三两两的人们生活的房前屋后。从这个特点来看，都市生活的余音和乡野生活的余味在这里交汇，不断地泛起舒缓而又悠长的波澜。

看吧，那边蹲伏着一只独眼狗，只要是人们叫得出它名字的地方，就在东京郊外的范围以内。

看呀，那边还有一个小小的饭店。从那店里传出了女人大声叫喊的声音，也分不清是在哭还是在笑。窗户上一个女人的身影若隐若现。这时，屋外已然沉浸在黄昏的暮色之中，空气中弥漫着一种混杂着烟火气和泥土气的味道。两三辆空着的大板车陆陆续续经过这里，那车轮的咕隆声此起彼伏，不绝于耳。

看吧，一个锻工的面前站着两匹驮马，驮马的黑影旁边还站着两三个男人，正在悄悄地谈论着什么。烧得通红的马掌被放在铁砧上，伴随着铁锤一起一落，那火星划过暮色四处飞溅，有的甚至飞到了大路的中央。正在说着闲话的人们不知为了什么忽然哄堂大笑起来。月亮从村舍后面高高地升起，好似挂在了高大的橡树梢头。皎洁的月光将对面那排房子的屋顶照得发白。

马灯冒着黑色的油烟。十几个人进进出出，他们奔跑着，大声叫嚷着。四下里堆放着成排成排的蔬菜，菜色品种各式各样，十分丰富。这是一个小型的蔬菜市场，也是一个小型的买卖交易场地。

夜色渐深，我原本以为这些店家都早早关门，躺下休息了，可没料到夜里两点左右，仍然还有店铺灯影浮现。理发店的后面是农户的住家，从那里传出来的牛叫声居然在大街上都听得真切。酒铺旁边是卖纳豆的老伯的家，他每天很早就出门，一边用嘶哑的声音叫卖着“纳豆、纳豆”，一边朝着市区方向走去。夏夜很短，没过多久天就大亮了。这个时候，大街上各种拉货的车开始多了起来，车来车往，好不热闹。咕隆咕隆、咔嗒咔嗒，车辆经过时的声响没完没了。到了九十点，蝉鸣声似乎从高高的树梢上传了过来，那声音更让人觉得暑热难耐。马蹄和车轮不断地扬起沙尘，那尘埃就在空中盘旋着、飞舞着。苍蝇也成群结队地在大街上乱飞，它们在家家户户之间、车船牛马之隙无孔不入。

不久，就能隐隐约约地听到十二点的钟声，这个时候，从都市那边传来的汽笛声就会响彻云霄。

小阳春

（一）

十一月的某一天，我从早晨开始就一直躲在书房里看书。看的是华兹华斯的诗歌集，这本诗歌集是我好不容易才弄到手的。事实上，得到这本诗歌集已经是八年前的事情了，我永远也忘不了那是九月二十一日的夜里。啊，八年的岁月啊，想来恍如隔世。

最近这一两年，在我那区区二三十本的藏书之中，这本诗歌集逐渐遭到我的冷落，被我遗忘在了书架的一角，上面落满了灰尘。不，尽管我大概每隔一个月左右的时间，就会拿出来读上一读，但是，那不过是蜻蜓点水一般地用眼睛浏览一下而已。那曾经紧紧抓住我的眼球、深深吸引我的目光、直击我的心灵、震撼我的灵魂之诗句，已变得虚无缥缈，甚至那些我曾经用红蓝杠线标记过的部分，那种震撼我打动我的力量也已经消失殆尽。现如今，其中的理由已经不再适合我在这里自问自答了。因为，从一开始我就明白，凡事都是命中注定的。不知从什么时候开始，读了《迈克尔》就会因利物浦的命运而热泪盈眶的我会再次被利物浦的精神所打动，重新找到生活在这人世间的力量。

并且，现在，我也开始允许自己带着自负的神情说："我也已经是非常老成持重了。"啊，老成！嗯，也没有什么不可思议的。正如《远游》第九卷中那句诗写的那样：

Man descends into the Vale of years.

人总会滑向岁月的山涧。

我当时在这句诗下面画上了粗粗的蓝线。反正这就是人的命运吧。如果要找寻一些佐证的话，我的朋友当中的确就有不少这样的人。他们原本也和我一样，热爱大自然，以自然为友，崇尚理想主义。但是，随着岁月的流逝和时间的推移，慢慢地，这些人变成了十足的现实主义者。如若谈到别人的境况，这种人准会做出"那家伙是个缺少常识的人"，或是"那是个务实的人，自然也有伟大之处"之类的评价。一旦说起从前的往事，他们往往就会红着脸，挠着头说："那个时候啊，我们不是都还年轻吗？"

我自己并没有舍弃华兹华斯，反倒是华兹华斯抛弃了我。偶尔我会拿出他的诗歌集来读一读，似乎就明白了一些东西。华兹华斯一定不是为了让那些所谓务实的人或是老成持重的先生们理解才写诗的。

但是，我虽然自诩是个老成的人，实际上也未必真的能够做到圆滑练达。面对现实世界，很多事情也不一定都能处理得好。这个时候，我就只好一直蛰居在家，尽量减少与人间琐事的交集。最终，就是因为这样的缘由吧，我索性将华兹华斯的诗集放在桌子上，每个星期都能看上一两次。

话再说回来，我刚刚新记录下的那句话是："十一月的某一天，我从早晨开始就一直躲在书房里看书。"

（二）

这两天，都是秋高气爽、艳阳高照的好天气。确实是这样，小阳春一般的天气，无论对于工作还是散步，或是读书来说都是极适合的。用华兹华斯的话来形容，那就是：

> 褪去一年的暑气，空气像水一般澄净清澈，天空犹如被磨亮的镜面一般，光与影愈发清晰分明，但有时也会互相映照在一起。

空气越来越清新，我的心却像是被什么东西牵引着，无比安定平静。无论是判断什么还是沉思什么都能做到全神贯注，正是自己的情感、意志和智力能够充分发挥的时候。即便是那些冬天缺乏精神、春天懒懒散散、夏天萎靡不振之人，在这个季节也会觉得活力充沛且精神满满吧。于是，伴随着每一次季节的转换，我觉得自己品读华兹华斯诗集的心情和感觉也会稍稍有所变化。慢慢地，能够沉下心来仔细玩味诗中的意趣。我坐在南向的窗下，避开透过玻璃窗射进屋里的阳光，读了两三篇短诗。接着，又开始品读名为*Line Composed a few miles above*

*Tintern Abbey*的杰作。这首诗的大概意思是：

已经过了五年。但是，当我们再次来到这河岸边，侧耳倾听水流的呜咽声，仔细体味天地之间的静穆，那溪流岸畔的威严与冷峻不由得令人心生敬畏。太阳还未升起，我们只得坐在灰暗繁茂的无花果树荫下，眺望树旁的田野，然而那个更远处的果园却看不清楚。

这次，我们再看看那些路两旁整齐的行道树。我们再看看广阔的牧场。绿树青草间是那山里的人家。我们看到树林间袅袅升腾的炊烟，那也许是樵夫的住所，还可能是位独居山林的隐者，正在独对炉火。

虽然这些美不胜收的风景足以令我们陶醉，但是在过去的五年里，对于一个缺乏感知力的人来说，这些又怎能算得上什么风景呢？每当独坐屋中之时，回想起在繁华都市的热闹场所度过的日日夜夜，不由得感觉愧对这大好风光之美。每当心里委屈又身体倦怠之时，我们的身心感怀这风景带来的甘甜美意，那真是一种让人雀跃的享受。但是辜负这大好时光的人，又会恼怒于我们对天地的这些不可思议的敬畏之情，因为他们觉得，享受这样的风光，会感到压力。如果你也会有这样的越来越强烈的感觉，那么请你沉下心来，耐心地冥想和静思。你会感受到，实际上在我们的一呼一吸之间，就是在与宇宙万物亲密地接触。

如果这些想念，成为我们单纯的空想和淡漠的信念，那么我们的内心就像被这世间的烦恼所侵扰，就像送走了无数黑暗的日日夜夜一样。这时，我们渐渐地将目光转向了你，啊，你和我们是一样的人。山林间的那个无拘无束的人啊，我的心就正在渐渐地向你靠拢啊。

但是，现在我们再次站到这里。我的心不仅仅感受到现在的快乐，实际上，一路走来的所有岁月、我的生命、我的精神，都在这一刻我的万千感慨之中。如果非要期待什么的话，就是那感慨之中关于我的孩童时代的事情了。

我小时候就像只山羊一样，在拥有山林原野和甘泉清流的大自然中，逍遥自在地生活着。那落差巨大的瀑布飞流直下的水声，展现出来的威力足以震撼我的心灵；巍峨的群山和幽静的森林，它们的色彩和形态拥有强大的能量，足以刺激我的灵魂。想来那个时候，只是单纯地喜爱，只是简单地感动，完全不需要借助其他的思考方式就能让自己对周遭的事物提起兴趣。但是，那个单纯美好的年代已经一去不复返了。

然而，我既不对过往感到悲伤，也不会为此哀叹。我总是会从某个人那里得到足以弥补这些损失的补偿。现在的我同孩童时代的自己不一样了，已经理解了在观察自然的过程中去学习，懂得了如何倾听人世间的悲欢离合，学会了为那翩然贯穿于落日、大海、清风、苍天和人心之间的真情而感动。

正是因为这样的缘故，我热爱牧场、森林和山川，更热爱大地之上和苍穹之下的天地万物，还有那些近在眼前真实存在的人们。这些人和物，就是我最初所具有的纯真的思想之锚，是我的身心、我的灵魂和我的德行的乳母、导师和卫士。

啊，我最热爱的朋友啊，你现在与我共同伫立于这清泉之畔。我从你的声音中分明听到了我往日的心里话；从你那满是惊喜闪耀着光芒的眸子里，我分明能够看到我过往的快乐。啊，你来到我身旁，哪怕只有片刻的停留，在你身上，我总是能够看得到过去的自己。我最爱的姊妹啊。

从一开始我便知道，原本如此祈祷就是因为自然绝对不会背叛喜爱它的人。在我们的一生中，是自然引导着我们从这种欢喜变换到那种欢喜，这是自然所特有的魅力。通过自然，我们享受到了静谧、美丽和崇高所带来的欢愉，躲避开了人世间的刻薄、妄断、嘲笑、怒骂和轻蔑所带来的侵扰，还有我们愉快的信仰从不会被打乱，更不会让人感到迷惑。

就让那月光照耀着你的潇洒，让那雾霭朦胧的山谷里的清风吹拂着你。你今天的狂喜在日后一定会变为成熟、庄重和深沉的欢乐。你的心必将会幻化成热闹的千象之宫，寂静的万籁之殿。

啊，如若真的是那样。无论是孤独，还是畏缩，或是苦痛，或是悲哀困扰着她的时候，她还会回想起今天我说的话吗？

如果未来的某一天，你我再有相见之时，千万不要忘记，我们曾一同站在这清泉之畔，有过这样一番交谈。

这首诗大概是这样的含意。我反反复复地品读着，心里想着我最想要画上下划线，做出重点标记的句子。我首先选中的分别是以“已经过了五年”和“现在我们再次站到这里。我的心不仅仅感受到现在的快乐，实际上，一路走来的所有岁月、我的生命、我的精神，都在这一刻我的万千感慨之中”为代表的，类似于“自然绝对不会背叛喜爱它的人”这样的句子。当看到“就让那月光照耀着你的潇洒，让那雾霭朦胧的山谷里的清风吹拂着你”时，我画上了两条下划线。为什么这么画呢？究竟那些蓝黑色的线条，什么时候被画在这首诗的下面了呢？“七年已经在不知不觉中过去了。”我一边想着，一边自言自语道。是啊，是啊，这七年就像梦一般地从我的生命中划过。

（三）

我作为一名乡村小学的教师，曾经在丰后的佐伯住过一年左右的时间。也正是在那个时候，我开始热衷于读华兹华斯的诗歌。当我读到华兹华斯写的关于瓦伊河畔的诗歌时，不经意间回想起那一年做乡村教师的生活和佐伯的风光。在那里，与其说我是在做教师，倒不如说我是一名学生，是一名被华兹华斯诗歌中的感情与思想引领着、熏陶着，继而从大自然中汲取创作灵感的学生。果不其然，虽然结束佐伯的乡村教师生活已经七年了，但是那里的山川峻岭、河流溪谷、绿野森林，所有的一切无不鲜活地留存在我的心里。那些风景比我家乡的风土人情不知光彩夺目多少倍，到底是为什么呢？

“希望月光能够照亮你那美丽的逍遥”。在佐伯的一年里，无论白昼还是黑夜，无论在山川还是田野，我都过得逍遥自在。“希望山谷中的清风轻抚着你”，我满怀激情，全身心地投入大自然的怀抱之中。纵使佐伯这里的湖岸风光与诗人华兹华斯当时所处的湖光山色不一样，但是无论如何我们所写所想的都是湖岸的风景。

“那里的雨，犹如从心而降。晴朗之时，气象万千，会让人眼花缭乱。悄无声息的清泉会发出鸣叫，寂静如水的瀑布也会产生回响。泉水也好瀑布也罢，水势磅礴却没有一点浑浊之气，无论波涛还是水花都清澈无比，甚至带着青草的芬芳。”

如果华兹华斯所描写的这一切是真实存在的，那么我在佐伯看到的就正是这样的风景。

“雨往往从一个山丘向另一个山丘移动，时而距离我们很近，时而飘得很远，间或变得幽邃昏暗，间或变得豁然开朗。”佐伯的雨也同华兹华斯的这种描述完全一致。

如若说起云雾，那么水源丰沛、山地众多的佐伯实际上也如同他所描写的一样。

“或者默然游动于山谷之间，使得本不移动的自然生动起来，一成不变的风景也越发变幻多端，幻化为成团成块的物象，似梦，如幻，化作神灵，变作鬼怪。”

虽然这样，也完全没有必要将佐伯的景物同华兹华斯的湖畔之景一一比照。华兹华斯曾嘲笑瓦尔特·司格特，认为他总是带着笔记本和铅笔出门采风。自然景观怎么可以被如实照搬地描写呢？决不能对大自然进行写实性的观察，诗歌中描写的不是湖国的地方志和山川草木，而应该是在观察到自然的表象发生变化之后，对那可以称之为精髓的美感的歌咏。如果引用诗人的诗歌来比对参照一番，你就会发现，在我们日本，竟存在着与诗歌内容相似的数不尽的秀丽风景。

总而言之，那就是“我在佐伯生活期间，真正开始读华兹华斯的诗。我自己深深地被自然所感动，也是在佐伯读华兹华斯诗歌的时候”。

从那以后数年间，我经历了孤独、畏惧、苦恼和悲哀等数不尽的不如意，我绝对不是一个幸福的人，我的生活之路也绝不是一条坦途。“啊，瓦伊河！在树林间逍遥的人啊！是你时常如此牵绊着我的心！”就是这样的，就像华兹华斯诗里写的这样的。每当我的心里承受着如此巨大的压力时，就会不自觉地忆起藩匠川河畔的风光和景致。

现如今怎么会是这样？怎么会是这样？在我这一两年的生活里，几乎忘记了佐伯的岁月，但是，每当想起在佐伯的生活，我竟不觉得那是我曾经经历过的了。

（四）

我暂时放下手中的诗集，开始静静地回忆佐伯的生活过往。怎么可能忘记呢？那时的人和事，现在的人和事。每当我反复地回忆起在佐伯的逍遥快乐，那时留在我自己眼中的风光就会如此鲜活地映现出来，那感觉竟比看到画作还要生动而鲜明。秋高气爽的时节，碧空万里，从大概三里远的元越山的半山腰，升起了一缕笔直的烟，那情景至今历历在目，让人觉得栩栩如生。那番景象，被我记在了当时写的日记中，现在随手翻看到这里，眼前立刻浮现出那时的风光。正在此时，窗外突然有人说话：

“哥哥，您在家吗？”

“哦，在的，请进来吧。”我随口回答道，目光仍旧停留在日记本上。

来到我家里的是个名叫小山的年轻人，与我年纪相仿，是一位当年我在佐伯生活时相识的画家。与其称他为画家，倒不如说是一位近来非常努力而热衷于学习绘画的我的同乡。他总是习惯于称呼我为兄长。

“您正在学习呢吗？”

“没有啦，没有学习啦。只是刚刚读了华兹华斯的诗，让我回想起佐伯的岁月，正在翻看当时写的一些日记罢了。”

“嗯，出去一起散散步，怎么样？我原本打算今天出去写生，于是把画画的工具什么的都一并带来了。”

“啊，还真是。连画架都带来了呢。”

“嗯，终于买到了。这个画架花了我一元二十五分钱呢。我还一次都没有用过。”他一边说着一边随手打开了折叠着的橡木制作的画架给我看。

“越来越像真正的画家了啊。”我看着画架，再看看小山，说道。

“是啊，已经下定决心走到了这一步，就绝对没有后退的路，一定要坚持画下去。”他这样说着，脸上却显得没有什么光彩。这是因为，他是在违背家里父母意见的情况下，自己决定了未来发展的道路。对于画画这件事，他似乎有着如同燃烧的火焰一般的热情，虽然他的朋友们几乎都在怀疑他是否能够坚持下去。到目前为止，他虽然遵循了他父母亲的意思，也在为高等学校的入学做准备，但是他对于三角函数完全提不起兴致，却对画画拥有如火一般的热情，并在这冰与火的两极之间挣扎着。如果再往从前追忆的话，他甚至从小学开始就知道自己唯一喜欢的就是画画了。但是父母亲却希望这个孩子将来能够成为一名医生。他从小到大都是服从大人的意愿一路走来的，不知道这样对他来说到底是幸运还是不幸。无论如何，他一边压抑着自己的爱好，一边隐忍着心性为升学而努力学习。在这样的纠结之中，他的健康出现了严重问题。两年间，他三次住进红十字会医院，在医生的建议之下，三次去温泉进行治疗和休养。在这样的情形下，他精神上的痛苦绝对不亚于身体上的病痛，甚至认为自己身体状况的恶化跟这种纠结不无关系。因此，他越发坚定了自己的决心，要为将来成为一名画家而奋斗下去。

近来，他渐渐地从纠结和挣扎的烦闷中解脱出来，慢慢地朝着自己下定决心的方向稳步挺进。当然，他这样决心要成为画家的事，对于远在家乡的父母是要绝对保密的。他脸上挂着些许不安的神情也正是因为这个缘故。

“如果是因为画画，我生病了，倒下了也在所不惜。我已经下定了这样的决心。也正因为有了这样的决心，我反而什么都不在乎了。”他这样说着，露出了凄凉的微笑。

“因为这是你自己的事情，所以只能这样了吧。”

“话虽这样说，真的，哥哥。昨天，傍晚时分，夕阳透过窗子照在桌子上，洒下了一道长长的光影。我呆呆地看着那光影，心中突然涌起一种难以名状的哀愁和悲伤之情。忽然，想起画画的事情。是啊，要下决心就应该现在行动。我立刻拿起画板走出家门去写生了。哥哥，只要提起画画，我总是能元气满满，充满力量。”他说着，苍白的脸上露出了得意的微笑。

小山从画板袋里掏出了两三张写生的画作，拿给我看。他的进步可真是不小，可以说完全超越了业余画家的水准。

“怎么样，哥哥？走吧，一起出去散散步吧。今天外面云蒸霞蔚，仿佛春天来了一般呢。”小山不断地催促着我。

“是啊，但是已经是午饭时间了，还是吃过午饭再出去吧。”我答应了小山，并跟他谈了谈读华兹华斯诗作的感想。

“我正是在你这个年纪，开始对华兹华斯的诗深深地着迷。当时我迷恋华兹华斯的程度，绝对不亚于你现在痴迷于画画的这种热情。就像你背着画板徜徉于郊外的山川河流一样，我那时也是怀抱着华兹华斯的诗集，在佐伯的山野里四处游荡。即便是现在，每当我回忆起那时的事情，心中就会生出无限的怀念，甚至还有要落泪的冲动。”我觉得终于找到了小山这样一个适合倾诉的对象。于是，我将刚才自己回忆起来的佐伯的自然风光一一说给他听，甚至还拿出了当年佐伯的地图。

我和小山同样都是自然的崇拜者。他因作画，我因诗歌，我们同被大自然所引领。我的所思所感，他完全能够感同身受。他心存疑虑的地方，也是我想要表达的内容。

“首先，这样来安排你的构图，的确是很吸引人。但是，如果由我来构图，就会与你有所不同。小山君看到了什么，立刻就会想要画出来。而我却只想先感受它们，不能马上付诸画笔。于是，有时你将自然的壮丽之美用非常复杂的方式呈现出来，在这方面你绝对存在着压倒性的优势，我却不会这样做。你总是尝试着捕捉自然之物，我却只能感受到观察自然之后感受得到的东西。可以说，我的这种方法更加轻松愉快一些。偶尔，我也会在日记中记录一些如同你的画作草图之类的图文，但那些文字和图画真的是粗浅和杂乱的。”

“能否将您描述的画稿或略图让我看看呢？”小山央求着，于是我将十一月三日的日记读与他听。

“漫步原野，风和日丽，这是个如同小阳春一般煦日和风的季节。野漆树的红叶，一半已经凋落，一半留挂在枝头。每当朔风吹过，枝头残叶就会随风飘舞。我来到了河道入海口附近。潮水渐渐退去，浅滩上停落着成群的鸟儿，时而飞起时而落下。有一个孩子正从水闸下面经过。浅滩附近的村庄里有一拨划船的年轻人，他们坐在船舷上等待着潮水再次涨起来。河堤上种的是低矮的野漆树，被海风吹拂着，红彤彤的叶面上闪耀着夺目的光芒。原野的尽头，远远地听见伯劳鸟啾啾的鸣叫声。鱼鹰那雪白的羽毛在阳光的照射下越发显得锐利夺目，间或展翅高飞而起。这里原本只是一个小岛，如今已变成一个丘陵。山麓四周环绕着茂密的丛林，是最适合山鸠们栖息的地方。林荫处，有一个住户不足二十家的小渔村，凭海临风，背靠着原野。”

接下来的一篇日记写于十一月二十二日夜。

“如水的月光，裹挟着夕阳的香气，淡淡地洒下来。我信步来到了河岸旁。海边村庄的人们大多已经停船回家。没有了白昼的喧嚣，眼前是一派静谧的景象。岸边拴着一匹白马。不一会儿来了一个马夫，牵上马顺着石阶往下走，准备乘船而去。但是白马似乎有些畏惧，不敢登船。旁边有两三个人，在岸边默然地站着，冷眼看着面前这一切。好不容易白马成功登船，那船漂漂荡荡来到了河面中间，渐渐地离开了河滩上的山脊。皎洁的月光清冷地洒满河面，那白色的马和黑色的人影载于一叶扁舟之上，看起来不免让人担心。我心无旁骛地望着眼前的景象，就仿佛看到了几百年前的景象一样，一丝悲伤的情绪从心中油然而生。当这艘船再次回到岸边时，我们也许就会乘坐此船渡河而去。从河中央往石阶的方向眺望，就会看到理发店红火的灯光将四周衬托得越发昏暗。店前面一群少女走来走去，隐隐约约能听见她们轻声哼唱的小曲。”

再接下来，是十一月二十六日的日记。

“午后，我拜访了土河内村。在坚田隧道的左前方有一条小路，顺着小路翻过一段陡坡再往前走一段路，便会看到山脚下的那户农家。一位男主人正带着他的妻子和两个女儿为麦田堆积肥料。有一个男孩儿，从稻草垛缝隙间探出脑袋来，默默地看着那一家四口专心致志地埋头干活。过了渡口就是一片广袤的田野。田地里忙碌着的一群男男女女，大家一起协作播种小麦。山脚下的那个村落就是土河内村。在临近山谷的地方，形成了一片山环中的平地，看起来像是与世隔绝一般。过去，我也曾经从这里的山顶上眺望那个小村庄，远远地就能看得见升腾起来的袅袅炊烟。这个小村让我无比怀念。往村子附近走一走，就能看到更多的农夫正在田间耕作。这是多么安详宁静的小山村啊。你能偶然遇见小孩子们成群结队地嬉戏玩耍，也能听见远处传来马匹高声的嘶叫。过后，村子里仍然会恢复寂静与和谐。我觉得自己仿佛是走进了那古老传说中的世外桃源。一个年轻人在房前的院子里好像忙碌着什么。沿着碎石子路往前走，有一处水井，井旁站着一个女孩儿。水流已经干涸的小河岸边，一字排开种植着几棵古老的梅树。几个黄澄澄的柿子挂在枝头上，犹如灿星一般隐现在梅树枝间。红叶如同熊熊燃烧的火焰一般，照耀着丛丛竹林。如若往树林的更深处走去，到达村子的尽头，能看到清澈见底的溪流在林荫深处淙淙流过，时而显现时而消失。归家的路上，夕阳西下，落日的余晖洒满了山野和村庄。”

除了上面这些日记，我又读了两三篇。一直静静聆听的小山对我说，读到我的这些描写，也会情不自禁地回想起当时自己的所思所感。

时光荏苒，匆匆流过了七年，一切犹如梦境一般慢慢消逝。我仍然不是个成熟的老师，就像在茫然的半梦半醒之中突然惊醒，不停地眨着惺忪的睡眼。

（五）

晌午过后，我和小山走出家门。小山斜背着画板，一只手拿着折叠起来的画架，另一只手拿着手绢包裹的装满水的药瓶。我呢，当然是怀抱着华兹华斯的诗集。

天空好似春天一般霞光氤氲，那颜色不是深蓝，又比蔚蓝色浓重少许。“这样颜色的天空真的好难描绘呀。”小山一边嘟囔着，一边朝前走。

当我们来到原野，豁然发现秋天果然不愧是秋天。橡树林已经染上了一层层红黄相间的颜色。农家周围环绕着高大的榉树，树叶已是落了一半，剩下那光秃秃的枝丫如同细丝网一般伸向天空。山麓四周的茅草穗闪着如同白银一样的光芒。在这些植被中星星点点地点缀着一些火红火红的叶子，那是在武藏野一带很少能见到的野漆树的红叶。

“如此错综复杂的颜色交织在一起，真是让人很难描绘啊。”我一边往小山坡上爬，一边仰望头顶上的树林，如是说。

“是啊！但是话又说回来，采用模糊处理的方式描绘这一带各种颜色的配搭也许更好，也说不定啊。”小山一边笑着一边回答道。

“我的确偶尔会遇到糟糕的画家描绘出来的画作，实际上，真实的自然景致非常漂亮和美好。”

“所以说，那样的画家就是一股脑儿笨拙地扑上去画，完全自不量力，仅仅被美好的景致所引诱着去作画而已。如此画出来的作品，只要看上一眼，就会发现，简直就像在自然景色之上刷抹了一层颜料一样。”

“这个可爱的大自然啊，真是一个有意思的麻烦啊。”我笑着说。待我们登上高冈，环顾四周，发现视野突然间被打开了一般，豁然开朗起来。远处国境线上的连绵山脉在那森林之上隐约可见。

“快看！山！”我情不自禁地叫喊起来。

“在哪儿？在哪儿呢？”小山急急忙忙地追问道。他顺着我手指的方向，戴上自己的近视镜，微微眯缝起眼睛，开始仔细地凝视着远方。

“果不其然，真的是山哩。啊，这不可思议的朦胧景色啊。”小山也满心欢喜地叫起来。

这个时候，我那漫无边际的思绪已经飘到了自己还住在佐伯的时候。回想起来，从元越山的最高峰眺望遥远的天空时的景象似乎就是这样。崇山之外还有崇山，山影重重叠叠。层峦叠翠映在如秋水一般澄净的空气里，被阳光渲染成了紫色。看那天边，如穿针引线一般被连接的连绵起伏的山峰，宛如一场淡淡的梦幻。那梦幻渐渐地模糊起来，使得我心中油然而生一种悲哀之情。我不由得怀念起居住在这重山相连的山谷之中的先民们来。

我一边走着，一边向小山述说自己此时此刻的感受。不知不觉中，我们来到了小河畔。一条小河从微暗的树林深处悄无声息地流淌过来，又朝着那树林的深处静静地流去了。小河之上有一座小桥，看上去破旧不堪，架在河上摇摇欲坠，几乎就要坍塌的样子。

“这座桥，真像是蹩脚的画匠画出来的。”我站在林荫里，望着那破旧的小桥，对小山说道。

“那么我试着画一画看吧。”

“好了吧，好了吧，就算我开玩笑吧，但是画这个也太平常了吧。”

“但是，如果这样的景物我都画不好，那么我也就没有能画的东西了。”

于是，小山选择了一个合适的位置，支起画架，没有任何迟疑地认真画了起来。我避开直射下来的阳光，走到了橡树林里，将树下的杂草铺好，坐了下来。透过林木的空隙，我一边凝视着我们这位少年画家作画的身姿，一边点了一支烟，悠悠地吸起来。

小山默不作声地作着画，我默不作声地吸着烟。四周山林静谧肃然，听不见任何声响。我从衣服内兜里取出华兹华斯的诗集，静静品读起来。每当我的头顶上有微风掠过，就会听见橡树的枯叶被风揉搓着发出沙沙的响声。原本，这橡树并不是什么拥有诗情画意和风雅韵味的树种。它树枝粗壮，叶片硕大。即使到了秋天，也不会呈现出那种层林尽染的风姿，绿叶还是绿的，枯叶也还是枯黄，错乱无序的树叶和枝丫紧紧地贴拢在一起。无论风吹雨打还是冰天雪地，那枝叶都不会轻易地掉落下去。到了冬天，每当夜晚的朔风肆虐山林，橡树枝就会互相碰撞发出哗啦哗啦的声响，那喧嚣嘈杂之声竟然也能搅起一番意味悠长的情趣。

但是我却很喜欢橡树林发出的这种声响。每当我孤单地静坐树林深处一个人发呆时，那声音就会这里一点那里一点地传过来。就仿佛有谁在窃窃私语似的，这大自然的幽静寂寥之情就会带给我格外的滋养。

蓦然间，我竟好像忘记了小山，就连华兹华斯的诗作也没有读进去，只顾着全身心地沉浸在这山林的一片静穆之中。现在，那三四年前曾经震撼过我心灵的心情，不由得被此情此景再次触发。

“哥哥！”小山突然叫了我一声，“哥哥，您说如果将人的一生比喻为四季的变换。若是说春天就是一个人的年少之时，那么小阳春应该算作人生的哪一个时段为好呢？”他好像感觉到了什么，若有所思地向我提问道。

“你是说这秋天吧？”

“不要说秋天，我是问这小阳春，小阳春。”

“像我这样应该就是小阳春了吧。”自己本是漫不经心地回答他，然而我却隐约觉得，一股从未体验过的哀伤之情突然间冲击着我的胸膛，让我不由得大吃一惊。

“倘若你现在算是春天的话，那么我这个阶段就是小阳春，小阳春呦。不过，早晚也会变成冬天的吧。”

“哈哈，哈哈哈！可是，一旦冬天过去了，春天就不远了呀，不是吗？”小山十分俏皮地回答我。

周围再一次回归了沉寂。小山一边吹着口哨，一边继续画画。我不禁想，我们两个难道不应该是一个有意义的画作主题吗？

少年的忧愁

如若说少年的欢乐是一首诗，那么少年的忧愁也该是一首诗。如若存在于自然本心的欢乐值得歌颂，那么在心底里低声浅吟的忧伤亦值得歌颂。

“无论如何，我想将我少年时期的一缕忧伤说给大家听……”一个男子如是说。

我八岁到十五岁的少年时光是在叔叔家度过的。我之所以被寄养在叔叔家，只因那时我的父母都住在东京。

叔叔家在当地是一个大户人家，拥有很多田地山林，通常家里的男女用人也有七八个之多。我不得不感谢我的父母亲，感谢他们让我在乡下的叔叔家度过少年时光的好意。倘若我八岁的时候，跟随父母一起去东京生活，也许会和现在的我有所不同了吧。不管怎样，至少我的学识水平和思想见识会比现在有所进步，但是相信我的内心不可能比华兹华斯诗集的第一卷更加志存高远，更不可能受到乡村生活那清新明丽的诗情画意的滋养。

我过了七年纵情山野的幸福日子，平日里拥有游走树林田野这样的闲情逸致是那么快乐。叔叔他们家在一座小山丘的脚下。那周围有很多树林、小河、清泉和池塘，并且距离家不远处的地方，就是濑户内海的港湾。山野、树林、河谷、溪流和大海，无不充满着自由的气息，在这里我得以尽情畅快地享受生活。

记得那是在我十二岁的时候。有一天，一个名叫德二郎的用人对我说，晚上要带我去一个有趣的地方，一起去玩一玩。

“去哪里啊？”我问他。

“你不要问去什么地方啦。无论去哪儿，又有什么关系呢？无所谓的。放心，我带你去的地方一定不会无聊的。”德二郎面带微笑，打趣地说道。

德二郎那个时候大概二十五六岁，是个身强力壮的年轻人。他本来是个孤儿，从十一二岁开始就在叔叔家当用人。这个皮肤黝黑、五官端正、精气神十足的汉子是个每逢喝酒必唱歌的人。即便是不喝酒的时候，他也会一边干活一边唱歌，总是一副兴致勃勃的样子。他看起来总是乐呵呵的，心眼儿又特别好，为人正直朴实。所以，不仅叔叔总是夸奖他，当地的人们也都十分认可德二郎。佩服德二郎的人认为他是孤儿里难得的好孩子。

“但是，要对你的叔叔和婶婶保密才行啊！”德二郎一边说着，一边嘴里哼着歌，爬上后山去了。

这是一个仲夏之夜，月色清朗而明亮。我跟在德二郎的身后，一路来到稻田边，沿着稻香四溢的乡间小路，走到了河堤之上。河堤相较于别处要更高一些，也愈发陡峭。登上去之后，眼前豁然开朗。这时，眺望远处，就会看见那一片一望无际的广阔原野。天色刚刚擦黑儿，已经进入黄昏的尾声。一轮皓月高悬于明净的天空，皎洁的月光遍洒原野山冈。田野的尽头雾霭弥漫，如梦如幻。树林里烟雾缭绕，氤氲漂浮。低矮垂柳的叶尖上悬着晶莹的露珠，像珍珠一样熠熠生辉。小河的尽头紧靠着海湾，潮水已经涨满。水涨之后，水面变得高了许多。因此，那用旧船板拼接在一起架设起来的桥看起来忽然变得很低。也正因为水面升高的原因，河边垂柳的大半部分都浸在了水里。

河堤上微风轻拂，河面上却没有一丝涟漪，如同镜面一般。晴朗澄净的天空就那样倒映在如镜一般平静的水面上。德二郎走下河堤，解开了系在桥下的小船缆绳，麻利而娴熟地跳上小船。原本水平如镜的河面上，忽然间轻轻地泛起了波纹。

德二郎一边催促着我，“少爷，快点快点！”一边摇起橹来。我匆忙地跳上了小船，没过一会儿，小船就已经朝着入海口的方向划过去了。

越是接近入海口的地方，河面变得越发宽阔。月光在河面上洒下了清辉一片，左右堤岸渐行渐远。回首来时路，河水的上游已然雾霭茫茫，不知不觉间，我们的小船已经驶进了港湾。

这里的港湾宽阔异常，犹如湖面一般，只有我们一艘小船荡漾其间。今夜月色朦胧，听不到德二郎往常那爽朗明快的高声歌唱，他一边轻声哼唱着小调，一边静静地摇橹。潮落之时，这港湾也许就是一处沼泽滩涂，但在满潮和月光之下，这里完全变了模样，竟不是我日常所见的充满泥土腥臭味道的滩涂之地了。南面昏暗的山影倒映在水面上，东面和北面均是月光苍茫的平原大陆。无论哪一面都分辨不清水与陆地的交界之处。我们的小船径直朝西面驶去。

西面的港湾入口，水变得又窄又深，河岸随着陆地起伏逐渐抬升。以这里为锚地停泊的船只数量不多，从形状上看是以西式帆船为主。船上装载的货物多是这个港口出产的食盐。另外，那些从事朝鲜贸易的人所拥有的船也不在少数。再有就是一些往来于内海的日本老式木船。两岸的房屋高高矮矮，错落有致，靠山临水而居的有数百户人家。

从港湾的内部往外望去，红绿色的船舷灯高高挂起，灿若星辰。灯影低低地映在水面，犹如金蛇一般。在这幽寂清冷的山色月影之中，灯光若隐若现的，那景象就像婀娜缥缈的油画一般。

随着小船缓慢前行，渐渐地能够听到港口里面充斥着的各种声音。虽然我已不能详尽地说出那天港口的具体情形，但是倘若要说那天晚上让我印象深刻，直到今天仍让我记忆犹新的事情的话，大概就是这样的：

那是一个夏日里月朗星稀的夜晚，船上的人陆陆续续走到甲板上来，岸上住家的人们也走到了门外，临海的窗户尽数打开。微风轻轻掠过灯火，水面如油一般平滑。有人吹奏笛子，有人唱着歌曲。还有从那临水而建的青楼里传出来的笑声，合着三味线的音乐此起彼伏……

这一切看起来都是令人愉悦的热闹非凡的景象，但是包裹在盛大华丽的画面之下的，是让人无法忘记的寂寥空旷的月色、山影和水光。

从帆船的暗影下面穿过去之后，德二郎便将船停在了一处暗黑的石阶旁。“请您上岸吧。”德二郎催促着我说。自从在河堤下对我说了一句“请您上船吧”之后，他在船里一直没有再跟我说一句话。我自己也说不清楚，为什么德二郎非要带我来到这里。反正我就是听从了他的话，走出了船舱。

德二郎拴好船缆，紧跟着一步跨上了石阶。他疾步快走，在前面带路。我们一路顺着石阶默默地往上爬。我跟在他身后，也不作声。这石阶很窄，不到三尺宽，两侧尽是高耸的石壁。当我们走到石阶的尽头时，映入眼帘的是一个院落，似乎是一户人家的里院。院子四周围着木栅栏，角落里放着防火用的盛水器具。木栅栏的一边露出枝繁叶茂的树顶，似乎是夏橙树露出的头。月光洒下来，铺满了整个庭院。院中寂静无声，似乎一个人都没有。德二郎稍微站定，似乎在侧耳倾听。随即他来到了右侧的栅栏前面，随手往里一推。原来这里是一个便门，被他这样一推，那黑色的小门就悄无声息地打开了。抬眼一看，原来这个便门连着一段楼梯。门打开的同时，伴随着一阵轻盈的脚步声，有人从楼梯上下来了。

“是德二郎君来了吗？”眼前出现了一个年轻的女子，她试探着说。

“你等了好久了吧。”德二郎一边回女子的话，一边朝我这边看。

“我把少爷也带来了！”德二郎补充道。

“少爷，请您上来吧。德二郎，你也快点上来呀，在这里磨磨蹭蹭的可不妥。”因为女子的催促，德二郎便快走两步，上了楼梯去。

“少爷，这楼梯光线暗，您可要小心啊!”德二郎一边说着，一边随着女子往上走。我在德二郎身后，也没有什么别的办法，只得跟着他们，爬上了那段黑暗狭窄又十分陡峭的楼梯。

我完全不知道，原来这里也是一家青楼。在那女子的引导下，我们来到了一间临海的房间。依靠栏杆凭海临风，海港之内自不必说，就连港湾的深处、原野的尽头，甚至是西面大海的边际都能尽收眼底。但是，这房间只有六张榻榻米大，榻榻米的席面早已陈旧，仅就外观来看绝对算不上什么气派华丽的和式房间。

“少爷，请来这边坐吧。”女子说道，她一边将坐垫放在栏杆之下，一边拿出夏橙等水果点心让我品尝。她又打开隔壁房间的拉门，那里早已准备好了酒菜。女子将酒菜搬过来之后，便坐在了德二郎的对面。

虽然德二郎的脸上挂着平常少有的不愉快，但还是把女子敬的那杯酒一饮而尽了。之后，他一直紧盯着女子的脸，忽然询问道：

“到底定在什么时候了？”

这女子二十岁左右，脸色苍白，仿佛浑身无力的样子。我甚至在怀疑，难道她是生病了吗?

“明天、后天，或者大后天。”女子掰着手指数着。

“好不容易决定在大后天了，但是，到了今天，我又有点犹豫了。”女子一边说着一边低下了头，偷偷地用袖子抹眼泪。

德二郎自斟自饮，咕嘟咕嘟地不停喝酒。

“现在说什么都没有用了，不是吗？”德二郎对女子说道。

“话虽如此，但是仔细想想，倒不如死了更好，也未可知啊。”女子无奈地说着。

“哈哈哈……少爷你听，这位小姐说要死了多好。这可怎么是好啊？……喂喂，我按照约定把少爷给你请来了，你也不好好看一看？”德二郎嚷道。

“我从一开始就在看啊，确实是太像了，我非常吃惊呢。”女子边说着，边眼里含笑打量着我的脸。

“你们说我……像谁？”我吓了一跳，赶忙询问。

“像我的弟弟。说您长得像我的弟弟虽然是不敬之事。但是，请您看一看这个。”女子说着，从和服的腰带里拿出一张相片来，递给我看。

“少爷，这位小姐曾经将她弟弟的照片给我看过。我当时就说‘这简直就和我们家少爷一模一样’。因此，她一再拜托我，有机会一定带您来这里。今晚将您请来了，她必须好好招待招待咱们呀。”德二郎不停地说着，嘴边的酒也没有停止过。

女子朝我身边凑过来，温柔地微笑着说：“哎呀，不管怎么说都是我请客，少爷，您想吃些什么？”

“什么都不要。”我转过脸去，不理她。

“那么，我们去坐船吧！和我一起坐船去吧。哎，就这么办吧。”女子说着，站起身来往外走。我也随着女子下了楼梯。德二郎没有动身，就那么微笑着看着我们。

走下刚才我们走过的那段石阶，年轻的女子让我先上了船。然后，她解开缆绳，动作敏捷地跳上小船。紧接着，好像非常轻松又熟练地摇起橹来。尽管我是一个男孩子，但还是被女子那一连串利索干净的动作惊呆了。

船离开了岸边。借着船内的灯光和船外的月光，可以清晰地看到岸上的德二郎倚着栏杆往下看的身姿。他突然冲下面划船的女子说：

“不小心的话，很危险啊！”

“放心吧！”女子仰起脸回答道，“我们马上就回来了，你稍等一会儿吧！”

我们的船在六七艘大大小小的船中间穿行，没过多久就来到了宽阔的海面上。月光越发清冷，让人不禁觉得像秋日的夜晚一般。女子停下手中的橹，坐到了我的身旁。她抬头仰望月亮，又打量了一番四周的景致，而后问我：

“少爷，您今年多大？”

“十二岁。”我回答。

“我弟弟拍那张照片时也是十二岁，今年该是十六岁了……是啊，十六岁了。但是在他十二岁那年我们分别之后，就再也没有见到过。所以此时此刻我心里依然觉得他应该是和少爷您一般的模样吧。”她一边说着一边目不转睛地盯着我看，忽然间泪眼蒙眬。在月光之下，女子的脸看起来愈发显得苍白。

“你弟弟，是死了吗？”我问。

“不是的，如果他已经死了我也就死心了。但是自从我们分别之后，弟弟就杳无音信。我们的父母亲去世得早，只剩下我们姐弟两人相依为命，现在却是一别生死两茫茫。再加上最近我也要被人带到朝鲜去了，有生之年还能不能再见弟弟一面，也就无从知晓了。”女子的眼泪顺着脸颊不停地滑落，她也顾不上擦拭，直直盯着我的脸低声啜泣。

我眺望着陆地的方向，默默地听着她的哭诉。家家户户的灯火倒映在水面上，闪烁着，摇曳着。船橹缓缓发出咯吱吱的声响，那些划着大船舢板的人们唱着清晰悦耳的船歌。这个时候，我突然感受到了一种难以名状的少年的忧愁。

没过多久，有条小船朝我们这边疾驰而来。正是德二郎。

“我把酒拿来了！”在离我们的船还有两三米远的地方，德二郎大声地喊着。

“好高兴啊。刚刚，我正跟少爷说起我弟弟的事，正哭着呢。”女子说着，德二郎的船已经来到了我们船的近旁。

“哈哈哈……我想大概也是那样的，所以把酒拿来了。来来来！喝酒吧，喝酒吧，我给你们唱歌助兴！”德二郎似乎已经醉了。女子接过德二郎递给她的大酒杯，满满地斟上了酒，一饮而尽。

“再来一杯！”德二郎又给女子斟了一杯酒，女子又是一饮而尽，面对着月亮有些醉意阑珊。

“太好了！接下来，听我给你们唱歌吧。”德二郎接着说。

“哦，不不，德二郎，让我痛痛快快地哭一场吧，这里没有人能看见，更不会被人听见，让我哭吧，让我痛快地哭个够吧。”女子央求道。

“哈哈哈……好吧，你哭吧，只有我和少爷听得见。”德二郎看着我笑道。

女子突然俯下身，大哭起来。但是确实又无法放声痛哭，所以她的后背一起一伏的，样子似乎很痛苦。看着眼前的这情景，德二郎的脸色也突然变得严肃起来。随后，他突然扭过脸去，看着远处山的方向陷入了沉默。过了一会儿，我对德二郎说道：“德二郎，我们回家吧。”

女子也猛地抬起头，说道：

“对不起，真是的，让少爷您看着我哭，真是无聊啊。……我因为少爷您的到来，感觉似乎已经见到了同胞兄弟一般。少爷您是贵人，快快地健康长大，一定成为了不起的人啊。”女子不知所措地说着，“德二郎，你们回去太晚了也不好，早点儿带着少爷回家吧。我哭过之后，从昨天开始的郁闷心情已经畅快很多了。”

女子划着船，跟在我和德二郎的船后面，送出三四里远，在被德二郎阻止之后才肯停下。之后两艘小船的距离越来越远。小船即将分开时，女子冲我反复地说着：“千万不要忘了我啊！”

那件事已经过去十七年了。时至今日，我仍然清晰地记得那晚的情景，始终无法忘怀。那个女子忧伤的神情直到今天仍会时不时地浮现在我的眼前。那一夜，一缕忧愁像薄薄的雾霭一般包裹着我的心。随着年龄的增长这忧愁越发变得深沉、浓稠、厚重。每当我回忆起那时的心情，最让我记忆犹新的就是那寂寞的、深刻的、静谧的悲哀，至今仍然让人无法释怀。

后来，德二郎在我叔父的帮助下成了一个像样的农夫，现在已经是两个孩子的父亲了。

那个流浪的女子，被带到朝鲜之后，也许又漂泊到了什么别的地方，度过了短暂而无常的一生。也许已经离开了人世，到那肃静的天国去了。我当然并不知道她后来的结局，似乎德二郎也不知道。

无法忘记的人们

过了多摩川的两个渡口，再往前走一会儿，就来到了一个名叫沟口的驿站。在靠近驿站中心的位置，有一个供过往旅客休息住宿的旅馆，叫作龟屋。此时正值三月初，这一天，晦暗的天空阴云密布，强劲的北风呼啸而过。本来就已寂寥的小城更显得萧条，呈现出一片阴郁微寒的景象。昨天下的雪还没有完全融化，在高低不平的茅草屋顶那边的南坡上，残雪融化的些许冰水被风吹得四处飞舞，有些顺着屋檐纷纷落下。甚至连草鞋足迹里面残留的泥水，也在朔风中泛起了闪着寒光的阵阵涟漪。夜幕降临不久，店家们就已经纷纷关门打烊。店铺前这条昏暗的街道，渐渐地没有了喧嚣，变得寂静无声，只有龟屋旅馆的窗棂上映现着摇曳的灯火。这天晚上，几乎没有什么客人，店里边十分安静。只能偶尔听到，那粗粗的雁头型烟管敲击火盆边沿时发出的一点断断续续的声响。

突然间，门被推开了，一个男人走了进来。如此一来，连靠在火盆旁边专心致志算账的老板也被吓了一跳。老板还来不及朝门口看一眼，弄清楚到底发生了什么，就见那男人只三大步便跨过了宽敞的客厅，来到老板面前。这男人应该不到三十岁的样子，也许二十八九岁吧。身着西装、绑腿和草鞋，戴着一顶鸭舌帽，右手拿着晴雨两用伞，左侧腋下夹了一个小小的皮包。

“我想在此投宿一宿。”那男人说道。

老板抬起头，打量了一番眼前这位客人的相貌，还来不及回应客人的请求，就听见里屋计时表的声音响了起来。

“六号，计时表响了！”老板几乎是吼叫着喊道。

“您是从哪里来的啊？”

老板仍然偎依在火盆旁，漫不经心地问着。客人耸起了肩膀，眉头微微皱了一下，忽然，嘴角泛起一丝微笑，回应道：

“您问我吗？我从东京来。”

“那么，接下来您要往哪里去呢？”

“我要往八王子一带去。”

客人说着，顺势在地板上坐了下来，开始动手解起绑腿来。

“可是，这位先生，从东京到八王子，这一路上可是不好走啊。”

老板满心狐疑地看着眼前这位客人的样子，那表情似乎在说：“事到如今，也没有什么好办法了吧。”但又好像有什么顾虑，一副欲言又止的模样。客人立刻注意到了老板的神情，于是解释道：

“啊，不是的，我虽然从东京方向来，但并不是今天从东京出发的。我是今天稍微晚些时候，从川崎出发走到这里来的。这不是天也黑下来了嘛，就寻思着找家旅店住下。您能给我点热水泡泡脚吗？”

“快点！给前厅端盆热水来啊！哎，今天可真是够冷的啊。八王子那一带恐怕更是冷得要命吧。”老板接着客人的话说道。

虽然这位老板的话语听起来还算亲切，但是，他那待人接物的做派却一点也不和善。他大概六十岁左右的年纪，肥胖硕大的身躯上穿着一件厚厚的无领短外衣，几乎看不到脖子，像是在宽阔的肩膀上扛了一颗肥硕的脑袋，宽大富态的脸上长着一对向下耷拉着的眼睛。而且看得出来，老板是一个喜欢挑剔、不好相处的人。但是，客人心里想，他至少还是一个正直善良的老人吧。

客人洗了脚，还没等他完全擦干水，就听见老板用雷鸣一般的喊声大叫道：

“请这位客人，入住七号房间！”

老板吩咐完这句话，和客人之间就再也没有任何其他的交流了，更没有目送客人离去的背影。突然，一只浑身黝黑的大肥猫从厨房里面跑了出来，嗖的一下蹿跳到老板支起的膝盖上，在那高处将身体蜷缩成了一团。也不知道老板有没有看到这些，他一直闭着眼睛似睡非睡。又过了一会儿，老板的右手伸向烟草盒子里，用他那胖胖的大手将烟草叶卷在一起。

“六号客人的澡泡好了之后，赶紧为七号客人服务啊！”

老板突然一声大叫，连他膝盖上的猫也被吓了一跳，从他身上蹦下来逃走了。

“这只笨猫！刚才不是已经跟你小子说了吗？给客人带路啊！”

猫被吓得魂飞魄散，飞快地朝后厨跑去。挂钟上的时针缓慢地指向了八点。

“大娘，吉藏不是已经困得不行了吗？快点给他暖暖被，让他睡吧，怪可怜的。”

老板说话的声音里也流露出了困意。这时，从厨房那边传来了一句：

“吉藏啊，他不是在这里复习课本呢吗？”好像是一位老大娘的声音。

“是吗？吉藏，快点睡觉啦！明天早晨早点起床再学习。大娘！快点用手炉给他暖被，让他赶紧睡觉吧。”

“好的，现在就给他暖被！”

老板武断地安排着一切。女用人和老大娘面面相觑，大家哧哧地相视一笑。这个时候，老板自己也打了一个大哈欠。

“是他自己太困了。”老大娘一边往手炉里装炭火，一边喃喃地说道。她大概五十五六岁的样子，个子矮矮的，身材瘦削。

旅店的拉门被风刮得咔嗒咔嗒作响，我原以为是窗外狂风大作的缘故。但是仔细一听，原来是雨水被大风吹打到门窗上发出的响声。

“赶快把店里的门窗都关闭，锁紧！”老板大声地喊着，一边咂着舌头，一边自言自语地嘟囔着：

“竟然又下起雨来了。”

确实，风越刮越急，甚至带来了降雨。

虽说已是早春时节，但雨水夹杂着雪花被寒冷刺骨的狂风裹挟着，在广阔无垠的武藏野卷起一阵又一阵的风雪，疯狂地肆虐了一整夜。漆黑一片的沟口町上空，暴风雪的嘶吼声更是呼啸不止。

已经过了午夜十二点，七号房间里的灯火仍然散发着耀眼的光芒。整个龟屋旅馆里，只有这个房间的客人还没有睡下。在房屋的正中央，两位客人正在促膝谈心。窗外风大雨急，那狂风咆哮的声音令人生畏，雨水不断地拍打在窗棂上，一刻也未曾停歇过。

“看外面这天气情形，明天想要动身恐怕是够呛吧。”其中一位客人看着对面的客人说道。这位说话的正是刚才老板提到的六号客人。

“你说什么？……哦，是啊。不过，也没有什么特别的急事，如果明天走不了，那就在这里再住上一日也无妨。”

屋中的两人脸色通红，鼻尖上也泛起了亮光。他们吃过荞麦面以后，又喝了三壶热酒。到如今，酒杯里还剩着些许残酒。两人心情舒畅地舒展着身体，盘起腿坐在火盆旁。六号客人抽着烟，将火盆挪过来，放在两人的中间。他将薄棉睡衣的袖口一直卷到肘部，一边抽着香烟，一边弹着烟灰。两人谈话的态度既坦率又真诚。实际上，今夜在旅馆的相逢是二人的初遇。也不知道是从什么话题开始的，他们就这样，你一言我一语地隔着门谈起来了。紧接着，耐不住寂寞的六号客人来到了七号客人的房间里，互换过名片之后，又要了些酒，交谈也就变得越来越深入。不知不觉间，两人不再拘束，话语中礼貌用语和粗鲁的浑话已经开始夹杂在一起了。

七号客人的名片上写着大津弁二郎，除此之外没有写任何别的头衔。六号客人的名片上写着秋山松之助，同样也没有写头衔。

这位名叫大津的客人，也就是天快黑时来到龟屋旅馆的那个穿着西服的男人。他身形瘦削，身材高挑，肤色白皙。他的外貌和体型与秋山是完全不同的风格。秋山大概二十五六岁的年纪，身材肥硕，脸色微红，眼神里充满了和气，总是笑眯眯的。大津是位没有名气的文学爱好者，秋山呢，也是个没有名气的画家。在这个乡下的旅馆里，两位同道的年轻人不可思议地相聚在了一起。

“我们这就休息吧。好像净说了些愤世嫉俗的话。”

从美术论、文学论再到宗教论，这两个人的确是毫无顾忌地畅所欲言。他们无拘无束地谈天说地，将当今的文学大家和绘画名家都毫不客气地品评了一番。就连挂钟敲过了十一点，他们都完全没有察觉到。

“没关系，没关系。看这天气，反正明天也走不了了。即使咱们俩彻夜谈心也是无所谓的吧。”画家秋山笑眯眯地说道。

“但是，这谈话要持续到几点呢？”大津拿出手表看了一眼，说道，“哦呀，都已经过了十一点了啊。”

“大不了就聊个通宵呗。”

秋山一副完全不在乎的神情，盯着酒杯看。

“大津，你要是困了，就去睡吧。没关系的。”

“我倒是一点都不困，我以为秋山君你困了吧。我今天从川崎出发时就已经很晚了，来到这里不过才走了三里半的路。所以，我觉得是完全无妨的。”

“什么？你是说我吗？我更是完全没有问题，一点都不困呢。我只是想，如果你要是困了想睡下的话，将这个借给我看看，好吗？”

秋山拿起了一部作品，其中只有十张手稿，作品封面上写着《无法忘记的人们》。

“这些，真的都是完全不成样子的作品。如果用你的专业术语作比喻，就像是用铅笔画的草稿吧，别人完全不知道你想表达些什么。”大津虽然这样说了，但并没有打算要从秋山手上拿回那些原稿。于是，秋山开始一页两页地翻看起来，并仔细地品读着。

“即便是草稿也是有趣的草稿，我还是想拜读一番啊。”

“嗯，先让我再看看这稿子。”大津说着，从秋山手里拿回了原稿，仔细地逐页查看。一时间，两个人都不再说话。似乎此时，他们才听到了窗外呼啸嘶吼的风雨声。大津直直盯着手里自己写的原稿，凝神侧耳倾听，仿佛置身于梦境之中。

“这样的夜晚，会带给你许多创作的灵感吧。”

秋山说的话似乎一点都没有进到大津的耳朵里。更不见大津对秋山做出什么回应。分不清他到底是在听风雨声，还是在看原稿，抑或是想起了遥远的某个地方的某个人。秋山心里想：“大津现在的模样，如此的眼神，这不正是我作画的好素材吗？”

“与其你自己读这些原稿，倒不如咱们两个就这个话题好好谈一谈。怎么样？喂，你在听我说话吗？你这个稿子最大的问题在于，没有写完真正重要的内容，就停笔了。所以，其他的人即便看了也读不懂。”

听到这里，大津似乎如梦初醒一般，他的目光慢慢地转向了秋山，悠悠地说道：

“你能说得再详细一些吗？更加详细一些。”

秋山看着大津的眼睛，这才发现他的眼睛里分明闪烁着些许泪花，显现出异样的光彩。

“我尽可能把自己想到的、看到的都跟你详细地说一说，如果你觉得没意思的话，千万别客气，提醒我一下就好。那么，我也就不客气了，谈谈你的文章。不知怎么的，我竟也非常希望你能听一听我看过这些文章后的感受，这种心情真是妙不可言啊！”

秋山往火盆里又添了些炭火，将已经变凉的暖酒壶放进装着热水的铁壶中温一下。接着说：

“‘无法忘记的人们未必就一定是不应该忘记的人们。’我看到，你在文章的一开头就是这样写的。”

这时，大津将原稿往秋山跟前推了推，说道：

“嗯，我正要跟你解释一下这句话呢。如此一来，也许你就能明白我自己是如何理解这个题目的了。但是我想，对于你来说，可能还是不太清楚我的本意，是吧？”

“没关系，没关系。你按照自己的想法接着说。我权当自己是个普通的读者来听一听。对不住啊，失礼失礼，我躺下来听啊。”

秋山嘴里叼着烟，顺势躺了下去，右手支着头，满眼笑意地看着大津的脸。

“父母也好，孩子也罢，或是好友知己，或是对自己关照有加的师长前辈，所有这些人，我们都不能只是简单地称他们为‘无法忘记的人们’。而是必须称呼他们为‘不应该忘记的人们’。

“但是，那些和我们既没有婚姻契约也没有人情往来，完完全全、真真正正的陌生人，原本即使忘了他们也是既不失礼也不欠人情的。然而，就在这些前提之下，仍然令你无法忘怀的那些人就是我这里所说的‘无法忘记的人们’。在这人世间，对于很多人来说可能原本就不存在那样的人们吧。但是，至少于我而言，‘无法忘记的人们’是存在的。恐怕秋山君，你的心中也存在着这样的人们吧？”

秋山沉默不语，频频点着头。

“记得那年我十九岁，大概仲春时节吧。我因为身体不好的缘故，计划着休养一段时间。所以，不得不从学校退学，离开东京回到故乡去。现在，我就给你讲讲，那次在我归途中发生的事吧。我当时搭乘的是从大阪出发例行往返于濑户内海的汽船。春天的濑户内海风平浪静。那一次乘船的旅行，如今回想起来，真的已经是很久很久之前的事情了。当时和我一同乘船的都是些什么样的人，船长大概是个什么样的男人，甚至送茶果点心的服务生长什么样，等等，这些事情我竟全然没有任何记忆了。也许应该有曾给我斟过茶的同行船客，也有在甲板上与我闲谈过的人。可是，无论如何这些人和事都没有给我留下任何印象。

“那个时候因为我的健康状况不好，所以整个人完全没有精气神，反而比较容易陷入沉思和冥想。我只记得那个时候自己经常站在甲板上，远眺海天一色，畅想着未来，描绘着梦想，思考着世间形形色色的人和事。当然，如此这般多愁善感本来是年轻人的一种癖好，这也没有什么可奇怪的。

“春天，风和日丽的天气里，那和暖的春光就好像融化进了油一般丝滑的海水里。海面平静极了，不见一丝涟漪，汽船的船头将海水一分为二，顺畅前行，那船首与水碰撞的声音真是令人心情舒畅。我欣赏着船舷左右两侧的旖旎风光，薄雾氤氲的小岛一个接一个地从我的眼前掠过。菜花和大麦的青叶犹如锦缎般装点着那些小岛，渐渐地小岛陆续远去，仿佛漂浮在云霞的深处。

“这个时候，在我们船的右舷出现了一个小岛，船通过的地方离小岛的岸边不过一里左右的距离，我倚着栏杆心无旁骛地欣赏着岛上风光。只见，小岛的山脚下长满了低矮的松树，形成了一片片的小树林，目光所及之处既没有农田也没有住户。略显孤寂、安静异常的海滩在海水退潮后显露了出来，在阳光的照射下熠熠生辉。细小的波浪在海岸边犹如嬉戏一般，它们逐渐散开来，形成了一条条长线，就像明晃晃的刀刃似的闪着白光，转而又消失殆尽，就那样忽隐忽现。只需要静下心来听一听从天空中偶尔传下来的云雀那婉转而细微的啼叫声，你就能够明白，这里并不是一个无人岛。只有岛上种庄稼才能有云雀，这是我的父亲说过的话。我想，在山的另一端一定住着人家。

“太阳照在海水退去后的沙滩上，发出刺眼的光，不经意间我发现在白光闪耀之处竟站着一个人。显然那是一个男人，而且不是个小孩子。他好像不停地在沙滩上捡拾着什么，然后，往身边的小篓或是小桶里丢。他每走两三步就会蹲下，然后不断地找啊捡啊，如此反复。我直直地盯着这个人，看着他在这个孤寂的小岛上，在一片静谧的沙滩上寻觅海鲜的模样。随着我们的船不断前行，岛上的人影也越来越小，渐渐地变成了一个小小的黑点。最后，沙滩也好，山也好，连同整个小岛都慢慢地消失在云霞的彼岸。

“从那次旅行之后直到今天，已经过去了差不多十年的时间，我不止一次忆起这个小岛，那岛上的海滩，那个连面容都不曾看清楚的人。这就是我所谓‘无法忘记的人们’中的一个。

“再接下来，也是距今差不多五年前的事情了。那年正月初一，我在给双亲拜过年之后，就立刻动身进行了一次九州之旅。从熊本到大分，在那次几乎横跨九州的旅行中，也出现了令我难忘的人和事。

“一大清早，我和弟弟两个人穿好草鞋系好绑腿，精神抖擞地从熊本出发了。那一天，天还早的时候，我们就已经来到了一个名叫立野的驿站，并在那里投宿，过了一宿。第二天，天还没亮，我们就离开立野，再次踏上旅途。

“这是我的一个长久以来的愿望，目标就是要看到阿苏山那白烟缭绕的地方。脚踏霜露，跨过栈桥，其间也走过一些弯路。临近晌午时分，终于登上了阿苏山的山顶附近。最后，真正到达火山口时，已是下午一点多了。熊本当地气候原本就是温暖而湿润的，再加上那又是一个无风晴朗的日子。因而，虽然是冬天，又在六千尺的高山之巅，居然一点都感觉不到寒冷。

“在这高山的绝顶之上，从火山口喷射而出的水蒸气遇冷凝结，成为一片白蒙蒙的雾霭。漫山遍野几乎看不到积雪的影子，只有那白皑皑的枯草随着雾茫茫的山风摇曳。火山的熔岩形成了焦土，或是红色的，或是黑色的。随处都是旧日火山口的残迹。那些残存的焦土形成了一处又一处的断崖，下面往往就是万丈深渊。那一派荒凉的景色简直无法用笔墨语言来加以形容，我想，只有像秋山君你这样的画家，才能够将这幅景色描绘得出来吧。

“我们一路往上攀登，一度到达了火山口的边缘。稍微窥探了一下火山喷发后留下的那骇人的洞穴，环顾了一下四周壮丽的景色。不愧是高耸入云的山顶啊，那里的风凛冽逼人，冻得我们有些受不住了。沿着火山口向下走，不多一会儿，就看到阿苏神社。神社旁边还有一间小屋，里面卖些粗茶什么的。我们当即逃也似的躲了进去，稍微休整了一下，吃了一些饭团，顿时觉得浑身充满了力量，精神也振作了起来。之后，我们又一鼓作气重新攀爬到了火山口。

“再一次到达火山口时，太阳已渐西斜。笼罩在肥后平原上空的雾霭被渲染成了焦红色，恰好跟眼前这些由旧火山口形成的悬崖颜色一样。高耸入云的九重岭恰似一个圆锥，它的高度远在那些群峰之上。九重岭山脚下的原野缓坡形成了绵亘数里的高原，遍地的枯草被裹挟在夕阳的余晖里。

“空气像水一般清透澄净，似乎能看得清那里经过的行人车马。天地如此辽阔，这般壮观。踩在枯草上，脚下的火山口发出不可思议的声响。白茫茫的烟雾不断地从火山口喷射而出，向上升腾，直冲云霄，似乎马上就要接近天际之时又急转直下，缭绕在群山高岭之间，最后消失在天的尽头。眼前的景象，是壮丽吗？是美轮美奂吗？还是惨淡寒酸呢？真的是一言难尽，无法形容。

“我们默然，一句话也没说，像两尊石像一般呆站了好一会儿。此时此刻，我只感觉天地悠悠，人类的存在就是如此不可思议的、奇妙的、如梦如幻的。这些念头从心底油然而生，涌上心头，我想应该也是自然而然的事情吧。

“但是，最令我们赞叹不已的，却是九重岭和阿苏山之间的那一大片盆地。据说，这里曾经是世界上最大的火山口遗迹。确实是这样的，我们可以清楚地看到，九重岭的高原山峰在这里陡然塌陷下来，幅员数里的悬崖峭壁横亘在这片洼地的西面。众所周知，男体山山麓的火山口变成了明媚深邃、幽远宁静的中禅寺湖。但是，不知从什么时候开始，这个巨大的火山口已然变成了数千町盛产五谷的田园。小小村落，袅袅炊烟，那成片的树林和麦田如今也闪耀在夕阳静谧的霞光之中。盆地里有一个名叫宫地的驿站，那天晚上，我们就歇宿在了那里。舒展了一下疲惫的筋骨，享受了一宿如幻的美梦。

“本来我和弟弟两人商量，索性在那个山顶上的小屋住一宿，欣赏一下火山口的夜景。但是，还是赶路要紧，所以最后决定下山，投奔宫地驿站去了。山坡或是山谷的枯草之中蜿蜒着像蛇一样的曲折小路，下山时的坡度要比上山时平缓了许多。我们俩急匆匆地沿着那弯弯曲曲的小路往前赶。随着距离村落越来越近，沿途出现了几匹驮着干草的马。我们超越马队继续向前，放眼望去，透过夕阳的余晖，发现朝着山脚的方向，有一些人和马正漫步在归家途中。山麓的小道上，到处都回荡着悦耳悠扬的铃铛声。那几匹马的背上都驮着干草。眼看着山脚就在眼前，却没有那么容易到达村里，真是望山跑死马啊。暮色渐渐沉下来，我们急急忙忙地加快脚步，一路小跑着下山去了。

“等到我俩到达村子里，已是日落西山，天快要黑了的时候。乡村里日暮时分的热闹景象是别具一格、非同寻常的。那些壮年男女们正在忙碌着收尾一天的工作，孩子们则是三三两两的，或是聚集在微暗的篱笆墙根的阴影里，或是围拢在看得见炉灶火光的房檐前。他们大笑着，欢唱着，或是哭喊着。也许这样一番景象，在任何一个乡村农舍都能够看得到，但我还是被眼前所见深深地震撼了。刚刚从荒凉的阿苏山草原的高冈上跑下来，突然看到这一切，我恍惚间有一种遁入人间的隔世之感。这种体验于我而言还从未有过，眼前的光景更是令我激动不已。我们两个人拖着疲惫不堪的双腿，虽然感叹日暮黄昏天色已晚路途迢迢，但还是怀着依依不舍的心情离开这个小村庄，继续赶路，期待能在宫地驿站度过良宵一晚，一洗旅途疲劳。

“离开村子，在树林和田野之间没走多一会儿，天色就彻底黑了下来，我们的影子清晰地映照在地上。回首仰望，却见西方的高空之下，阿苏山支脉的一个山峰的右上方高高地悬着一弯新月，皎洁的月光洒下来，散发着清澈而泛着蓝色的水一样的光芒，盆地里的一众村落尽数清晰地呈现了出来。我和弟弟发觉这奇异的光亮后，抬头仰望天空，只见白天升腾而起的白色的火山喷烟，在月光下却被渲染成了灰蒙蒙的颜色。这灰白色的烟柱直冲蔚蓝色的天空，那情景是如此的壮观，如此的美丽，让人难以形容。这时候，我们来到了一座不太长却很宽的桥旁，由于疲惫不堪，所以选择靠着桥栏歇歇脚。幸亏这次小憩，我们有幸得见火山喷烟那各式各样、变幻无穷的形状，得以远远地听闻那无名村落里的人语声。过了一会儿，顺着我们走过来的那条路的方向，甚至能够听得到像是空载货车的声响在林间回荡，那声音响彻天际，渐渐地越来越近，犹如响在耳畔。

“正在这时，又传来了一阵欢快明朗的马夫小调，合着空车的声音越传越近。我一边欣赏着火山喷烟一边侧耳倾听，不知不觉中静待着这声音来到身边。

“正当我认为马上就能看见那位马夫的身影时，耳畔却忽然传来了悠扬的民谣声，唱道‘宫地是个好地方，就在阿苏山麓中’。那民谣的含意和马夫悲壮的歌声让我深受感动。渐渐地，终于看得到马夫的人影了，他已经驾着车来到了距我们所站的那座桥不远的地方。身体强健、结实的马夫大概二十四五岁的年纪，他驾着马车，手握缰绳，目不斜视地从我们身旁飞驰而过，连看都没有看我们一眼。我一直呆呆地注视着他的一举一动。傍晚的月光洒在他的背上，根本无法看清他的容貌，但是他那壮硕的身躯和黝黑的轮廓，给我留下了深刻的印象，时至今日依然让我记忆犹新。

“我一直目送着马夫的背影远去，过了好久，又抬起头来，仰望那边阿苏山的喷烟。我所谓的这些‘无法忘记的人们’之中也应该包括这个赶车的壮汉。

“再接下来，就是我在四国的三津海滨住宿一夜之后，等待汽船时遇见的事情。记得那是一个初夏的清晨。我原本早早地从旅馆里出来，等待登上汽船离开那里。但是听说要到午后船才能到，于是，我决定沿着港口的海岸和附近的街市散散步，逛一逛。这个港口因为背靠着松山城，所以格外繁华热闹、喧嚣熙攘。这一天，碧空如洗，万里无云。早晨的太阳闪耀着绚丽的光芒，在它的照耀之下，发光发亮的物体更显光鲜，色彩艳丽的东西更显绚烂。

“街市上，车水马龙，熙熙攘攘，喧哗热闹。人们的叫喊声、嬉笑声此起彼伏，掺杂着欢呼和怒骂的声浪一阵接着一阵。生意买卖，男女老少，人们一个个的都忙碌着、欢愉着、兴奋着，你追我赶、奔来跑去地忙作一团。露天的饮食小摊一家挨着一家，一字排开，都在等待着客人们的光临。这里贩卖的东西也谈不上什么品质好坏，来吃的人也大多是那些船老大或是水手们。加吉鱼、比目鱼、海鳗、章鱼等在食摊上基本都能看得到，被杂乱地堆放在一起。海鲜的腥臭被裹挟在熙熙攘攘的人们的衣袖或下摆之间，散发着刺鼻的气味。

“我完全就是一个外来客，与这里的一切根本没有任何关系。在这里，我既没有亲戚也没有朋友，就连一个相识的熟人都没有，更不可能认识什么光头的和尚。不知道为什么，眼前的光景给了我一种异样的感受，我觉得这是一个可以从更清晰的视角观察人世百态的机会。我几乎将自己完全忘记了，只是在嘈杂的人群中闲逛着。终于，我来到了这个街市的尽头，那是一处稍微安静一些的地方。

“这个时候，我忽然间听到了琵琶演奏的声音。原来，在一家店铺的门前，站着一个弹琵琶的和尚。他的年纪看起来大概已经有四十五六岁了，是个四方脸，大脸盘，个矮体胖的汉子。这和尚的脸色和目光同略显哀婉的琵琶声恰好相配，伴随着呜咽的琴弦声，和尚的吟唱低沉、嘶哑而浑厚。整个街市上，没有一个人注意到过这个和尚，家家户户也不见得有谁在倾听他的琵琶声。旭日东升光芒万丈，尘世间却只是一片匆忙与繁乱。

“可是，只有我直勾勾地盯着弹琵琶的和尚，注视着他，侧耳倾听着他的琵琶音乐。这条街道狭窄而曲折，家家户户的房檐也是高矮不齐里出外进的。繁忙的街道、熙熙攘攘的市场，狭窄的小巷，本来与弹琵琶的和尚以及他的琵琶声并不协调，然而，我却感觉到两者似乎有着某种很深的联系。呜咽凄切的琵琶声飘荡在这个小巷里，在市场的每个档口之间流淌，混杂在铿锵有力的叫卖声和嘈杂的剁砍砧板的声音之中。这乐曲在我听来，就像在污波浊流之间缓缓流淌着的一股清泉。这个渔港小村集市上的人们，脸上洋溢着或喜悦或高兴或愉快或忙碌的表情，而和尚演奏的正是人们心底里最自然的曲调。这位弹琵琶的和尚也是令我‘无法忘记的人们’中的一位。”

话说到这里，大津终于安静地放下原稿，陷入了片刻的沉思之中。窗外的风雨声依然凛冽，丝毫没有减弱的意思。秋山坐起身来，问道：

“那后来呢？”

“还是不说了吧，今天已经很晚了。因为我太过沉迷于这个话题了。还有好几位‘无法忘记的人们’呢。北海道歌志内市的矿工、大连海港码头的青年渔夫、番匠川那个长了瘤子的水手等等。我要是把原稿里写的人物逐一详细地说与你听，恐怕天都要亮了。要问我为什么无法忘却这些人呢，那是因为，无论如何我总是会想起他们。那么，为什么这些人总是能唤起我的回忆呢？关于这一点，我想跟你说说。

“总而言之，我是一个不幸的男人。始终挣扎在问题层出不穷的人生之中，同时，我自己未来的宏图大志总是难以实现，无形中的压力常常使我陷于苦闷。

“于是，像今晚这样，每当我独自一人面对着孤灯寒夜时，孤独冷清、寂寞难耐的感觉就会从我的心底油然而生，甚至让我感到悲伤，不禁流下眼泪来。这个时候，就像犄角被嘎巴一声折断一样，我自己就会认输了，总觉得特别地想念别人。会回忆起很多往事和过去的朋友。而往往浮现在我脑海里的也就是以上这些人。不仅仅是这些人，我初识他们时，周遭的环境和情景也会一并出现在我的回忆里。我同他们又有什么不一样吗？大家这一生还不都是头顶一片天，脚踏一方土，慢慢地寻找着自己的人生之路。终有一天，相互帮助、相互搀扶着回归到那无穷的宇宙之中。每当想到这些，一种莫名的感觉就会从我的心底里涌出来，不知不觉中，我已是泪流满面了。实际上，这个时候已经分不清是自我，还是他者了。不过，无论是谁都会身不由己地忍受对别人的思念之苦。

“我从没有像那个时候一样感到过心灵的平静，像那个时候一样感到过自由，像那个时候一样心中没有了所有关于竞争和名利这样的俗世之念，像那个时候一样对所有的人和事都抱有深切的悲悯之情。

“我一直在想，要怎样做，才能用这个题目将我的所思所想尽情挥洒。我坚信天底下一定有和我感同身受之士。”

在和秋山的这次相遇和对谈之后，又过了两年。

大津因为各种缘故搬到了东北部的一个地方。自从沟口旅馆一别，他与秋山之间再也没有任何交往。巧合的是，大津在沟口住宿的时候，不正是赶上了一个风雨交加的夜晚吗？今天，大津一个人坐在书桌前，陷入了对那晚的人和事的沉思冥想之中。桌子上放着一本《无法忘记的人们》的原稿，正是和两年前他拿给秋山看的那份一样。只是，他在最后增写了一部分内容——《龟屋的老板》。

而并不是《秋山》。

离别

我们要讲的这位年轻人叫作田宫峰二郎。他住在一座位于半山腰的房子里，那房子前面有一个漂亮的庭院，从北面山上流淌下来的涓涓细流贯穿了他家的小院。小溪两岸栽种着枫树之类的树木，庭院里有很多松柏、樱树和梅树，其间还掺杂着栗子树。这些繁茂丛生的树木参差错落，就是此处独特的景观了吧。据说这房子曾经是当地一位有名的富商的别墅，因为年久失修，现在无论房子也好庭院也罢早已破旧不堪，更无人修葺，很少能够看到主人的车马停在门前。附近的人们都说这处房屋早已经易主，但是后来这传言不知何时消失得无影无踪，没有了下文。直到大概一年半之前，年轻的田宫搬到这里来住。

田宫年纪大概二十三四岁的样子，个子高挑，身材瘦削，看起来相貌凛然，性情纯朴。他走在路上，经常一脸严肃的表情，好像满腹心事似的。当地人有的推断他身患什么疾病，也有的人十分怀疑正因为他独居于年久失修的别墅才变成现在的样子。田宫倒是很少闭门不出，他每天早晨或是午后都会出门散一散步，有时晚上在附近的小路上漫无目的地闲逛，甚至会走到树林深处。于是人们传说那是他为了锻炼身体而形成的生活习惯。

然而，实际上这个年轻人的生活并没有完全与世隔绝。与田宫所住别墅隔了一块田地的地方有家牛奶店，那是一栋被橡树林环绕的两层楼。房屋右侧的牛圈里养着七头奶牛，左侧楼里住着五个人。分别是牛奶店主人夫妇和他们的两个孩子，还有一个负责送牛奶的男雇工。牛奶店主人家的大儿子每天早晚两次会将牛奶送到田宫住的别墅。渐渐地，田宫和这个孩子熟络起来，慢慢地和牛奶店主人也变得可以说笑着聊聊天什么的了。至于他们谈论的话题，也无外乎就是牛啊，牛奶啊，或是牛奶店常客们的故事之类了。

如果你以为依靠牛奶店生活的只有七头牛和五口人那就错了，实际上还有一头驴。这驴子是店主人从老家千叶带过来的，据说似乎颇有些来头呢。从店主人和田宫的交谈中可以知晓，当年他在千叶的某个有钱有势的富农家听差，因为工作上的什么成绩而被奖励了这头驴。虽说驴子模样并不怎么漂亮，但是店主人家的孩子们却非常喜欢它，尤其是大儿子对驴子更是宠爱至极，除了田宫之外，从不会让别人随便骑坐。田宫按照孩子们说的方法顺势骑上驴背，脸上却总是挂着哭笑不得的表情。在田宫看来，这头被孩子们疼爱有加的毛驴更像是一只可爱的小狗，渐渐地他对这驴子的喜爱甚至超过了孩子们。

贯穿田宫家庭院的小溪将门前的马路拦腰截断，径直朝树林的方向流淌下去。穿过树林有一片低洼地，由于四周环绕着水车，隐约间只能看到一间茅草屋的屋檐。附近一带的水车作坊非常多，而这里则是一处规模比较小的。距离水车作坊不远的地方是一间偏房，七八棵一人环抱的橡子树一字排开，遮掩着这处偏房，冬季能够防风，夏季能够乘凉。水车作坊和偏房之间的空地里，一群家养鸡悠闲地散着步。初夏的梅雨连绵不断，驮载货物的马车停在水车作坊门前，马蹄陷在黑色的水洼里，水洼上漂浮着白色的稻草秆。马匹半睡半醒，顺着马的鬃毛，雨水滴滴答答地落下来，马背上升腾起阵阵热气。那群家养鸡躲在马车下面，扑扇着翅膀抖落身上的雨水。那个青年人静静地坐在偏房的屋檐下凝视着这一切，他旁边的一位老人悠闲地叼着烟管，时不时地与年轻人说笑着什么。不用说，这位老人也是田宫相熟的人，时常和他在一起谈天说地。

穿过水车作坊的这处洼地，不远处有一座桥。桥不长却很宽，桥栏高度不及腰。过了桥，又穿过一片树林，不一会儿就来到了小镇的街市上。这里就像你在都市的西洋画展上经常看到的那种乡下的某个街市一样，茅草房和砖瓦房错落相邻，理发店的隔壁就是杂货店，杂货店旁边是一户农家。农舍前的空地上，孩子和小猫尽情地玩耍。

夕阳西下，在茅草屋的屋檐下面，成群结队的飞虫在落日余晖的映衬下飞舞着。铁匠铺里回荡着打铁的声响，暮色之中闪烁着耀眼的火花。下雨的时候，一个二十岁左右的女孩子打着伞，不知为了什么事大声嬉笑着从街市的一端跑向了另一端。她将脖子缩进衣领，脚上穿着木屐，一边飞快地奔跑一边回头张望的样子显得俏皮可爱。

无论怎样，所有和这个小街市有关的人和事都应该被铭记。踮着脚走在那东西走向的陡坡上，坡道中间流淌着小河，小河与贯穿田宫家庭院的小溪来自同一个源头。住在这个小镇上的人们习惯于在小河里浣洗各式各样的东西，并不嫌弃河水偶尔略显浑浊。小河之上架着若干座石板桥，小河两岸到处栽种着繁茂低矮的枫树。此情此景不禁让人遐想，这里的风土人情与别处相比，或许有些不一样的地方。

小镇的西边有一座寺庙，每到傍晚时分，那里就会传出悠远的钟声。敲钟人是一位六十多岁的老翁，也许是气力不足，钟声总是断断续续的，勉强能从小镇的一端飘荡到另一端。最近，住在别墅里的田宫间或能听见钟声，但更多的时候是听不到的。最后一响钟声渐渐消失的时候，夕阳中的袅袅炊烟从小巷里升腾起来，随风飘向了东面的小树林。河面上倒映着淡淡的月影，泛起了波光粼粼的涟漪。一队骑兵部队的兵士从附近经过，他们左手握着长可及地的刀剑，急匆匆地跑上小镇的陡坡。后面紧跟着的马夫们一边牵着驮马一边愉快地哼唱着小调。有时茶店的小姑娘跟他们打招呼，他们也不理睬人家，一副得意的样子。不远处传来婴儿的啼哭声，这边飘过来小孩子吹奏的喇叭声。爬上陡坡的兵士们身上洒满了月光，匆忙赶路的样子就像是在追逐着自己的影子。月光皎洁，照亮了少女的面庞，顺着坡道向下走的她微微含羞娇媚动人。除了别致的景色，想必这风土人情也是令田宫喜欢住在这小镇附近的理由之一吧。

田宫如此评价生活在这个小镇的感受。忘却昨日的万千烦恼，不问明日的未知之事。尽情享受每一日、每一夜的欢乐时光，就像生活在这里的那些享受着片刻宁静与慰藉的人们一样。不知不觉间，田宫搬进别墅已经一年半有余。转眼已是这年的秋末时节。有一天，他早早地起床，像往常一样带着小狗出门散步。烟灰色的外套长过膝盖，为了避免膝盖受凉，他的长靴也盖过了膝头。头上戴着一顶美式的宽檐帽。他的脸色比平日苍白了不少，目光也没有了以往的神气，似乎是前一夜睡眠不足导致的。

田宫走出家门时，碰到了牛奶店的小男孩儿过来给他送牛奶。他接过孩子递给他的奶瓶立刻仰头喝了起来，喝到大概还有半瓶的时候，又将瓶子递还给小孩儿。之后，牛奶店的小男孩儿将牛奶倒在手掌心里喂给小狗喝。田宫极目远眺，朝着天空舒了口气。空中雨云密布，低低地压下来，开始飘起了零星的雨点。树林里大半的树木叶子已落，林中弥漫着薄薄的雾霭。

田宫告别牛奶店的小男孩儿之后，独自一个人沿着小溪走出了树林。当他步入水车作坊的院子里，刚巧遇到了一位老人，正若有所思地仰望天空。老人也看到田宫走进了院子，朝着他微微点头示意，然后来到偏房的屋前，顺手拿起烟盒点了一支香烟，突然开口问道："您今早的这身打扮……"这着实让田宫感到有些吃惊，他没说什么，就在屋前坐了下来。"我已经决定明天就退掉现在租住的房子。"田宫说道。还没等老人说些什么，他忽然微笑着仰起脸盯着老人看。无论如何，老人对田宫的话感到太意外了，于是用越发讶异的神情看着他，问道："那您接下来又如何打算呢？"

“那么，七天之后我再来正式地告别吧。”田宫一边说着一边深深地叹了口气，一副心事重重的样子。

老人狠狠地拍了一下手，问道：“那么之后，您要向遥远的西方远行吗？”

“不，不去西面，首先我要往东走。第一站去游览美国，然后去英国，再往后就去我向往已久的法国和意大利。”田宫回答道。

听闻田宫的这番打算，老人突然眯着眼睛笑起来，“这次，您父亲终究还是同意了吧。首先要恭喜恭喜呀，您打算什么时候动身呢？”

“应该是月末吧。”田宫回答道，“但是，什么时候我还能再次回到这里看看呢？这实在是很难说清楚。那么今天就让我来和这里做一个告别吧。今天，我要用半天的时间好好地在这一带走走。和这一年五个月来，给了我无数慰藉，成为我的挚友，给了我写作灵感，陶冶了我的性情的树林、流水和小鸟们做个告别。所以我特地打扮成这样。”

但是，老人还是嘱咐田宫应该先回家，跟家里人好好告别一下，并处理好所有事情之后，再回来正式跟自己告别也不迟。田宫站起身来，给老人深深地鞠了一躬，转身离去。老人什么也没有说，只是微笑着目送田宫离去。

田宫走后，老人在院子中来回踱步，自言自语道：“可喜可贺呀，可喜可贺呀。”突然他停住了脚步，闭上眼睛，深深地叹了口气，“忽然就要这么离开，好可怜的孩子啊。”

田宫离开水车作坊之后，顺着街道漫步，不时地仰望天空。没过一会儿就走到了巷子口。

现在天色尚早，街道上的行人还很稀少，冷冷清清的。家家户户忙着做早饭，巷子里炊烟袅袅。小河尽头笼罩在一层薄雾之中，恰似轻薄的绢纱一般。载货车的响声由远及近地传遍了这条寂寥的小巷，泛起阵阵沉重的回响。田宫伫立在一座小桥上，俯首凝视桥下的河水静静地流淌。层林尽染的时节，红红火火的枫树叶上凝结着晨露，被初升朝日的光芒照射得如同美玉一般晶莹剔透。他漫不经心地随手折了一截身旁的树枝，摘下那上面一片红彤彤的枫叶，松开手任由叶子飘落河水中顺流而下，在下一座桥的阴影里消失不见。田宫默默地注视着这一切。

恰在此时，一位少女的身影映入了田宫的眼帘。那女孩子蹲在桥旁的枫树下正在浣洗着什么。垂向水面的树枝遮挡了女孩子的身影，但依稀可以透过枝叶的缝隙看到她的脸和手臂。仅从侧颜看很难辨别出女孩子的年龄，大概十八九岁的样子。她漂亮的手臂若隐若现，专心致志地刷洗着杯盘之类的东西。

女孩子似乎并没有注意到田宫，一心一意地刷洗着手里的餐具，仿佛什么事都不曾发生过。几个已经洗好的餐具被齐齐整整地叠放在一起，正在被特别细心清洗的是一个雪白底色配着蓝色边线的大盘子。飘落的枫叶顺着水流漂荡到女孩子的身边，她看着叶子随波逐流渐行渐远，忽然伸手将其拦了一下捡起来，随手放在身旁的盘子里。枫叶浸过水后，愈发显得红艳欲滴，被女孩儿放在雪白的盘子里，豁然间竟像是画作一般。这时，田宫看着女孩子的侧脸，总觉得在哪里见过她，有种似曾相识的感觉。女孩子从耳际到腮边那略显丰腴的脸蛋儿激发起田宫要为其作画的热情。

也许是发觉女孩儿并没有注意到自己，田宫一时兴起，想同她开个小玩笑。或许是想再欣赏一会儿女孩儿捡拾起水中的枫叶放在雪白盘子里的妙趣，田宫又摘了一片枫叶丢向桥下，看着那叶子顺流漂荡而去。每当叶子漂流到女孩儿身边，她就直接从水中拾起来贴到盘子上。很快，女孩子已经洗到最后一个盘子了。

这时，田宫悄悄地把手里的树枝扔进了河里。小树枝轻轻地漂浮起来，旋即在水里打着转儿，慢慢地漂荡到女孩儿身边。女孩儿依然一下子捡拾起了树枝，水顺着叶片滴落下来。她将树枝放在最后洗的这个大盘子里，突然间好像警觉到什么似的回头张望。就这样，田宫和女孩儿的目光在空中交汇在一起。女孩儿的面庞一下子涨得通红，急忙起身，匆匆地收拾好盘子抱在左手里，从河边拾级而上来到了坡道上。她快步走进了街市上的小酒馆，这里是这条街上唯一的一间酒馆，附近骑兵部队的兵士们常常在此聚集饮酒。女孩子在廊下停住了脚步，再一次望向田宫刚才伫立的地方。

田宫心里想，“现在回想起来，这女孩子的容貌像极了我爱恋的治子。诚然，这个女孩子不可能是治子的姐妹，其实她回头张望看我时的目光同治子是不一样的。我不禁想，这世界上怎么可能有女孩子拥有和治子一样的善睐明眸呢。因此，那女孩子的目光之所以吸引我，应该是我爱治子情深意切的缘故吧。”

想到这里，田宫插在口袋里的手不由得紧紧地握了握一个东西，同时他的脸上泛起了绯红，似乎血往上涌。他声音低沉地在喉咙里嘀咕着“真是愚蠢啊”，一边用手里的拐杖狠狠地敲击着桥上的横栏。那声响颇大，惊得脚边的小狗不由得竖起了耳朵。没过一会儿，田宫的脸色恢复正常，头也不回地朝寂静的街市上走去。

小狗在田宫前面顺着坡道跑着，不多久就跑到了街市的高冈上，然后安静地站在那里等着他。田宫走到这街市的最高处时，豁然发现原来这里的风景别有一番韵味。站在那高冈上极目远眺，碧空如洗。初升的旭日在远方鲜艳的山影之中若隐若现，有时又游走于绵延于国境的崇山峻岭的密林之上。初冬清晨的寒霜冰露带来的冷寂，银光闪闪的雪峰消失在幽静的天边，这些都会令田宫仿佛坠入梦境一般，他身体里的血液也会跟着沸腾起来。然而今天，风云变幻无常，云彩飘动使得天空和大地变得浑然一体，森林也被笼罩在隐隐约约的霞雾之中。田地里的稻草人站在四处弥漫的秋雾之中，好像伤感得很。不知什么时候突然传来了几声沉闷的枪响。田宫仔仔细细地环顾四周，在田间小路上偶尔有人影闪过，转瞬间就消失在烟雾弥漫的丛林深处，无影无踪。如果是普通人，一定会觉得这景致让人有些阴郁吧。但是田宫却不以为然，他今日的心情好似这清晨的景色一般。在雾霭迷茫、隐隐约约、模糊不清的森林之中，田宫感到了一丝莫名的哀伤。他迷恋这景致，享受这感觉。但是，在那如梦似幻悠远的地方浮现出来的却是年轻人的梦想。那梦想存在于叫作希望的神住之地，让青年人心驰神往，不知不觉间他的内心泛起了丝丝涟漪。

贯穿树林的是一条笔直的马路，平日里车水马龙喧嚣热闹，道路两旁树木的枝头相互交错在一起。夏日里，透过树叶的日光斑驳交错地洒下来，摇曳在行人的肩头。冬日里，落叶堆积得很厚，每当寒风吹过，树林里就会整夜发出犹如低声私语般的声响。在这一年五个月的时间里，田宫无数次在这条马路上来来往往。走在这条马路上，鲜能遇到行人，偶尔会遇见装着蔬菜之类货物的载货车，或是骑在马上叼着香烟并排前进的骑兵。今天早晨，田宫像往常一样选择来到了这里。走到一半的时候，天空突然飘起零星的雨点，愈发显得冷清沉寂。没过多久，阵雨就渐渐地停歇下来。道路两旁的树林格外寂静，只听得见田宫脚踏落叶发出的声响。一片静谧之中，那声音似乎分外地响。原本笔直的马路忽然出现了一个向左的转弯，那里的树木显得有些稀疏。田宫平常总是向着树林的深处走去，坐在树桩上歇歇脚，沐浴一番充沛的阳光，或者让清风拂面而过。不同的季节和时令，这树林中总是有着令人赞叹的乐趣。今天，连小狗都没有磨蹭，赶在田宫前面跑进了树林。

树林里的叶子大半已落下，透过树枝的缝隙能够看到些许天空。清晨造访这秋雾笼罩下的树林，我想无论是多么心浮气躁的人，都会被这四周的静谧所感染，进而忘却那些烦恼吧。在这世上到处奔忙的人们，恐怕只肯用尖刻的目光扫视这树林里的一切，却从未肯侧耳倾听过吧。因为内心浮躁的时候，往往无法听到外界的声音。

四周寂静如水，笼罩着层层冰冷的寒雾。田宫心底里埋着深深的悲伤，就像这弥漫的浓雾。田宫对周遭的一切异常敏感，他会侧耳倾听一片树叶落下的声响，隔着树林从远处传来的行车声，或是似有似无的微风轻轻吹动枯叶时发出的窃窃私语声。突然，一只山鸠不知从什么地方飞了过来，落在他身边的树梢上，旋即扑扇着翅膀高飞而去。田宫觉得似乎自己的耳朵越发敏锐，四周山林越发寂静。他就像是要看清楚自己内心似的环顾周围的一切。一直以来，他希冀所迷恋的春霞能够遍布田野山冈，而如今，在这迷雾笼罩之中却只能感受到这般的孤寂和悲凉。

田宫有一位心上人，名叫松本治子。他在二十二岁时，一次偶然的机会遇到了治子，没过多久，两人便相识相恋了。十年来，他们相知相爱，成了难舍难分的亲密情侣，从没想过彼此的心里还会有其他人。今日看来，那多少个夜晚在梦里一生一世永不分离的海誓山盟就是两人的缘分吧。治子爱上田宫，甚至比田宫恋上治子还要早些。当他们知道彼此深切思恋的时候，就注定要将爱人的生命放在自己的心里倍加珍藏，这是两人相遇之后一个月左右的事了。但是双方的父母亲并未允许这段恋情，总是找出这样那样的说辞，表示难以同意二人相恋。与其这样，倒不如直截了当地说不允许两人交往来得痛快些。拘谨顽固的父母们确实无法同意这件事。事情后来的发展也证明了这一点。就这样，治子被送回东京附近的老家去了，而田宫自愿搬进伯父的别墅独居，在无尽的相思苦恋中度过了悲伤的一年。

田宫终究忘不了让他日思夜想的治子，最终只能自欺欺人地告诉自己，已经彻底忘掉了这一切。他始终知道这是在自欺欺人，但是既然已经欺骗了自己，再想也没有什么意义了。人一旦做出了自欺欺人的事情，往往就会出现一种古怪的心态，那就是无论如何自欺欺人也是一种可以接受的解决问题的办法，甚至把这当作一种可以自我夸耀的资本。在自我安慰似的告诉自己已经忘记了和治子恋爱这件事的背后，一定存在一个理由，那就是田宫和自己许诺，他还有必须完成的天职。当然，一旦将这个约定告知上天，那么立刻就没有可以询问的地方了。

田宫同时研习了文学写作和绘画，以此为立世之本，并立志将这些作为其一生所要追求的事业。他的家境富足，人也年轻有为。以他不屈不挠的个性和天赋异禀的才能，达成这样的志愿和目标并不是什么难事。当然，他本人也颇为自信，并对此深信不疑。一年来的独居生活逐渐增强了他的自信心，用自信同苦恋和悲情做斗争，最终抛却了对治子的爱，他甚至许下誓言要将自己的一切奉献给天职。但是在后来的五个月里，他又继续在坚守誓言与对治子无法忘记的爱恋之间犹豫与挣扎。最后，他还是在与自我的斗争中失败了，不得已最终下定决心独自远赴欧洲。最初，当他将这个决定告诉父亲时，父亲并不同意。后来顾及他的感受和愿望，转而同意了他的请求，并催促他尽早出发。

昨晚，田宫收到了治子写来的信，信中说今天晌午过后她会悄悄地来到田宫这里，做一个永久的告别和了断。可是永久的告别是什么意思呢?

田宫自从收到来信，心乱如麻，胡思乱想，辗转反侧，一夜无眠。思前想后，他只觉得自己的宏图大志就好像在层层叠叠的迷雾之中，朦朦胧胧的，搅扰得他心烦意乱。而与治子的爱情也好似一团一团的大雾笼罩在他的宏愿之上，静静地围堵在他的面前。他迷惘，愤懑，悲哀与激昂如一团乱麻般纠结交织在一起，直到天边露出了鱼肚白。田宫这才勉强打了个盹儿，再次睁眼的时候，他的脸色苍白，十分难看。郁闷也好，愤怒也罢，他心中的纠结与挣扎都已经成为过去了，就像经历了一阵暴风雨，他心里只凝结了秋高气爽的天气里一片纹丝不动的云彩。不知何时，从他那凝视的双眼中流淌下来的冰冷泪水，顺着脸颊滑落到了地板上。他突然跳起来大喊，“啊，我的爱人，治子啊！”这些事情，那个水车作坊的老人应该也是知晓的。

这个时候，秋雨又一次淅淅沥沥地落下来。雨水一滴两滴轻轻地打在田宫头顶，树梢上的叶子也悄无声息地飘落下来。田宫心事重重，凝视着眼前的一切。阵雨过后，树林中光线略显明朗，然而没过多久，又恢复到最初那暮色苍茫一片昏暗之中，甚至能够听到远处传来的隐约的枪声。田宫站起身来，在树林中稍微走了一会儿，并没有直接来到大道上，转而走到了临近大道却人迹罕至的小河旁。这条河同流经他家的庭院，并横贯小镇街市的那一条溪水有所不同，它是通过引水渠从远处的大江大河引流而来的。虽然河宽不足三尺，但是，由于水很深，使得分层很多。在横贯树林的部分形成了一条直线，时而出现在微暗的地方，时而又消失在幽暗的林荫里。村里的人经常在这河水里洗菜，在将河岸挖掘得更宽时，形成了一个小支流。田宫走到了他时常喜欢驻足的地方，踩在厚厚的落叶上，俯身蹲了下来。他的背后是混杂着茅草、野花、毛竹之类的低矮灌木丛。他就这样安静地凝视着面前这悄无声息的流水，看得有些出神。

在广袤无垠的撒哈拉旅行的商队，有时也会遇到甘甜可口的清泉和绿树成荫的绿洲，这可以治愈他们难耐的饥渴和极度的疲劳。人的一生，在鲜少出现的低谷之旅中，经历一次真正的恋爱，就像在沙漠里得到清水一般，可以说那就是永恒天堂里的美梦。可是这梦境是很容易被打破的，于是你不得不继续跋涉完成一段寂寞的旅程，直至到达一座矮小而昏暗的墓门。最终发现，人生不会第二次经历这样的绿洲之旅，你只有无尽地怀念那不断地沉入空寂虚无的地平线以下的甘泉。诚然是这样的，但是现在，勉强自己认清这绿洲之旅不可重复，勉强让自己打破这个美妙的梦境，这难道是我们真正能够承受的事情吗？

恋爱的甘泉总是永不停歇地涌出，等待着那些疲惫不堪的人们。来到这甘泉旁，碰巧相遇的青年男女总是在无休无止地更换。曾经陪伴在青年人身旁的少女，最初都是快乐无比的，他们手捧泉水一饮而尽。但是，他们无休止地伸手接水，最终污浊了那泉水。青年人从这里开始不断追逐，即使气喘吁吁也要拼命地追逐，不断地跋涉，经历那充满苦难、酷热和寂寞的旅程。这就是我的朋友所经历的故事，在我读的故事中也有很多类似的情节。

治子曾经引领着我去过一次那甘泉旁，虽然经历了两年的岁月，现在她对我的思念、她对我的依恋依然炽热，无法停止。昨夜，读着治子写来的信件，无论换作是谁都会无比同情和怜惜她吧。然而，事到如今，我却要抛弃她，远走高飞，要将她一个人留在荒漠中置之不理。这样做，我又于心何忍呢?

我最近看过一幅画作，描绘了凶猛的狮子和巨型蟒蛇在沙漠中争斗的画面。作品题名为“沙漠中的悲剧”，这是多么贴切的名字啊，难道人世间的真相不是这样的吗？在没有我的这个世界里，治子眼中看到的就是这样的画面吧。遗憾的是，我真的就不在她的身边，真的就不在她的身边。

田宫心里想着爱情，想着人世间的纷繁，想着治子，想着沙漠，想着绿洲……想着想着，所有的这些人和事都联系在了一起，他莫名地从深深的哀愁陷入深切的悲伤之中。风的声响往往会牵扯着人的思绪飞得很远很远，水的流动又会招惹得人在悲哀中陷得更深更深。田宫眼前的流水悄无声息，清澈无比，他呆呆地看着这溪流出神本是无心之举。然而，当他忽然发现一片叶子顺着水流从上游被冲下来时，便更加为眼前的流水着迷了。红叶、黄叶，还有各式各样大大小小的树叶，从这处树荫里冲了出来，转眼之间，就又躲进了那处树荫。树叶们一会儿在流水中浮浮沉沉，一会儿在水中打转，一会儿又堆积在一起。田宫目送走一片叶子又迎来了新的一片，错过了一片小树叶就去等下一片大树叶。他内心的激烈挣扎在昨夜已经完全结束了，现在犹如大战过后的原野一般荒凉寂寥，风声的悲鸣和雨声的凄切接踵而至。现在的田宫没有了力气，没有了光芒，也没有了希望。身心和灵魂都疲惫不堪，宛若坠入了梦境一般。

树林，流水。一丝不易察觉的无声微风轻轻拂过枝头，带落了一片树叶。叶片落于流水之上，随即漂向远方。田宫将脖颈缩进了外套的衣领中，蜷缩着身体，昏昏欲睡，他的脸色越发苍白。四周的山林似乎也希望田宫能够休憩片刻，枝头不再摇晃，寂静无声。溪水中红的、黄的，大大小小数不清的树叶，忽而出现忽而消失，时而缓慢地原地打转，时而忽然沉入水中，还有的像一叶扁舟，漂浮在水上，静静地缓缓地漂荡而去。

这时，东方的天空中，云开始慢慢消散开去，树梢间透下来的微弱阳光照在田宫的脸上。他在梦境里泛舟水上，顺着清澈的河水随波逐流。恍然间宛如仲春时节，小河的左右两岸已是绿意盎然，春光明媚。抬头仰望，穿过树梢之间的空隙可以看到天空蔚蓝而深邃，苍茫而高远。虽然阳光难以照射到树林深处，但是从林木之间的缝隙透进的光线，依然将姹紫嫣红的小花染上了金色。凉爽的清风吹来，吹过每一个树梢枝头，那相互交错的青光黑影好似数以万计的珍珠和玉石般绚烂夺目。临近河岸的樱树枝头，几千只蝴蝶在休憩，时而在高空展翅飞翔，时而在低处盘旋轻舞。河道狭窄流水淤积之处光线晦暗，绕过前方的岩石，峰回路转之处的景致豁然明朗起来，河面也随之变得宽广通畅。河水底部是细细的白砂石，阳光下水波荡漾，白砂石上交织出恰似万缕丝绦一般的水影。

小河两岸绿柳低垂，春草如茵。环顾四周，远处尽是茂密的丛林。一位亭亭玉立的姑娘伫立在河岸边，静静地凝视着这边。那神态和目光像极了治子，相较于治子更显气质高贵。她手里拿着花枝正在向田宫招手，似乎在让他停船靠岸，共同去品尝爱情的甘泉。漂荡啊漂荡啊，无从知晓漂流到哪里是终点，似乎这河流的终点就是波涛汹涌的大海。乍一看那流水的尽头，薄薄的霞光渐渐被拉散，飘荡在天边。田宫犹豫了片刻，难以名状的悲哀不断地戳痛他的心。姑娘看见了，对他说这里有能够治愈悲伤的甘露，于是将手里的花枝浸到了河水里，又抽出来甩向田宫，那冰冷刺骨的水珠豁然间打到了他的脸上。一场春梦就这样破灭了。

风起时，吹得树叶发出萧瑟的声响，凝结在枝头的晨露滴滴答答地掉落下来，打在地面的落叶上，犹如下雨一般。这时，田宫终于静静地站起身来，又盯着流水看了一会儿，他的内心似乎还在梦境里徘徊游荡，而目光却已经望向远方。插在外套口袋里的手指又一次触碰到了那个东西，他紧紧地握在手中，无奈地闭上了眼睛。

这个时候，小狗突然大声叫了起来，田宫急匆匆地来到了大道上，一边吹着口哨一边大踏步地向田野的方向走去。他时不时仰望天空，紧锁愁眉。天空中浮云流动，变幻无穷，从云层的缝隙中，间或能够看到深邃湛蓝的天空。

田宫不断地紧握着衣服口袋里的东西，完全无暇欣赏四周的景致变化。他横穿过田野，急匆匆地往家的方向赶去。口袋里装着的正是昨夜收到的治子的来信。当他赶到那个短短的坡道脚下时，恰好碰到从坡道上面下来的两个骑兵，他们似乎正在高声地谈论着什么。然而田宫却完全没有注意到这些，他只想着绕开他们默默地赶路。当这两个骑兵从他身旁走过去之后，只听见后面一匹马上那位稍微年轻一些的兵士掷地有声地说道："……这期间加上'加急'，必须要加上'加急'两个字吧。"只听前面的那位应和道："当然，那是当然……"这些谈话的内容传到田宫的耳朵里时，两个骑兵的身影已经消失在树林里了，只能隐约听到他们的谈笑声。田宫继续匆匆赶路。

停车场的时钟已经过了六点零五分，等待着下一列火车的乘客有七八个人，大家都很沉默，没有人谈话聊天，站台上显得异常清冷寂寥。摇曳的灯光飘忽不定，无法照亮每个角落。天空晴朗，繁星点点。从北方吹来的朔风给人们带来了阵阵寒意，让人不由得蜷缩起身体。由于还要再过十分钟才到发车时间，人们不得不忍受着寒意，站在冷风中继续等待。

终于等到开始售卖车票了，大家纷纷站立起来，汇聚到售票厅前面。这时，从外面走来一男一女两位乘客，安静地汇入购票的人群中，他俩就是松本治子和田宫峰二郎。田宫买好了车票，递给治子，两个人跟随在人群的后面向月台的方向走去，像是要避人耳目一般，并肩走在站台的阴暗处。治子偶尔用手帕擦擦眼睛，沉默不语。田宫眺望着无边无际的高空，抑制着塞满胸膛的悲伤，压低声音轻声说："一定给我写信啊，你爱我的心就是我当下唯一的希望。"

田宫内心充满了无尽的感慨，说道："只要你心里一直记得我，我的梦想就一定会实现。"一滴热泪，从他的脸颊上滑落。但是治子并没有看到这一切，她将手帕叼在嘴里，牙齿用力地咬着。一时间，两个人相对无言，静静地站着。这时，火车鸣响了汽笛，田宫急忙紧紧地握住治子的手，好像要说些什么，却终究一个字也没说出来。治子终于勉勉强强地说了句：

"你一定要保重身体呀！"之后她的声音也变得断断续续的，"田宫君，你……你一定要记得我啊，不要忘了给我写信。一定要记得啊……"

那天晚上，田宫十点多才回到了家。一边拿起笔快速地写着，一边不时地唉声叹气。"我极力地想要将你忘记，这实在是最最愚蠢的行为。我对你的思念越来越深，却在不断企图欺骗自己。想要斩断情丝，可是这哪里是轻易可以了断的呢？我也好，你也罢，心中都有永远难以愈合的伤口。但是无论如何，都要为实现我的那所谓什么天职而做出让步。这是多么的愚蠢啊。诚然，我热血沸腾地一味高喊'我要干一番事业，干一番事业'，其实只是喊声响亮而已。那喊声不就是在自欺欺人吗？我想现在的我拥有无限的力量。"

此时，一阵风吹过，像是有魔力一般揉搓着靠近窗户的那株栗子树的树梢，发出沙沙的声音。田宫停住了笔，侧耳倾听。"我的力量源自哪里呢？听听口渴的人叫喊的声音，听听狂风揉搓枯叶的声响。这些声音就像你不在我身边，而我却叫喊着事业的声音一样。声音是嘶哑的，血液是干涸的，眼泪也流尽了。但是唯有我所要成就的事业是值得期待的事情。啊，现在唯有你才能给予我力量。啊不，我对你深深的思念之情才是我未来真正的力量源泉。啊不，你思念我的那至深至真至纯的深情厚谊将在未来给我注入新鲜的血液。这血液就是地表下流动的清泉。它滋养着花草和树木的生命，因为泉水的灌溉花朵得以绽放，秋收果实中的甘露也正是由那清泉而来。这不仅是诗一般的形容，而且是现在的我所能感受得到的你的存在。

“直至昨夜，我还在以留学海外追求事业为由，当着自欺欺人的逃兵。所谓去留学也无异于在自掘坟墓。现在却不一样了，从今天早晨开始，到你来我家为止，在近郊散步仿佛就是让污浊之水暂时在地下流淌，滋润着我干渴的情感，再次喷涌而出的就是现在这清冽甘甜的泉水了。我应该鼓起勇气朝前走了。希望就在远方，犹如阳光一样明媚。热血在我的身体里涌动，这是我健康强壮最好的证明。这一切的一切都是你带给我的恩赐啊。”

田宫眼里闪耀着光辉，血气往脸颊上涌动。

“但是，我还是找不到能够恰当地形容‘必须永别’的辞藻。永别到底意味着什么？人往往太轻易地将‘永久’二字挂在嘴边了。这是最令人感到恐惧的两个字，是如此威严的两个字，简直是可以让人生存，也能够让人死亡的两个字。永久的希望，永久的绝望，人生在世总是在这两个极端喘息生存。我们同已经死去的人之间就是永久的别离。对于‘死’这个字，虽然我们无法轻易地感受到它离我们每个人都很近，但是因为我们每天都能切身感受到别离，所以往往就是这样，如果在一个‘别’字的基础上添加了‘永久’的含义，就不得不静静地好好想一想其中的意义了。对于你尤其是这样的吧？我们就此别过，再也不得相见。我化作北极的冰川，你化作南极的石山，永不感念，永不相见。

“只要想着永远不可能再相见了，也许就可以忍受了吧。我听说过，痛失爱子的人开始对于死亡的深渊既感到震惊又感到悲伤，我所相识的一个宗教大家也是这样说的。其实这只是一种误解。他们所感受到的并不是死亡，而是一种别离。他们感到的哀伤也并不是对于死亡的悲伤，而是对于别离的悲伤。死亡只是一种形式，别离才是实质。面对永恒的爱与永久的别离时有谁能够泰然自若呢？不是为千年、万年甚至上亿年的别离感到悲伤，实际上我们是在为永久的别离感到悲伤。不，我并不相信这永久的别离。爱的生命力在于这样的信仰，我们对于爱恋的期望事实上也正在于此。不，我不仅在关于你的问题上这样想，面对那位和我仅有一面之缘，长相与你颇为相像的那个酒馆里的女孩儿，余生无几的那个水车作坊的老伯，还有牛奶店主人家的小男孩儿时，我都忍不住想，这些我生命中的过客，都是将要与我永远别离的人们啊。

“啊，天地悠悠，过客匆匆，所有的一切终究都是要消失的。人和人永远只能在情感的世界里相守。治子，对于你，我无论如何都很难轻易地将‘永别’说出口，写成字。这实际上是我最最难以忍耐的事情。正是由于对你深沉爱恋，我一开始就知晓了深刻的悲哀，进而才获得了无尽的希望与力量。命运之力是如此的强大，一想到我与你在这世界上永远不得再相见，我的心就像要破碎了一般，无需多言，这就是永久的别离呀。”

此时，夜已很深了。只能听得见风刮过远处的丛林发出的些许声响，之后四周又陷入一片静谧，悄无声息。田宫好似走入了片刻的梦境一般，目光深邃，望着远方，嘴里喃喃道：“我的黑夜也越发深了。你现在也已经安静地休息了吧。我的心好悲伤啊，我想念所有的人啊，我们分开了，我很爱你啊，啊，是谁让我和你永别了，不，不，不……”

田宫双手掩面，胳膊撑在桌子上。牛奶店、水车作坊、溪水穿流而过的小巷、树林深处、落叶漂浮顺流而下的笔直水渠、美丽优雅的治子、老翁、孩童，甚至是毛驴，所有的一切，都是如此鲜活地浮现在他的眼前。忽然间，这一切都被迷雾笼罩，消失不见了。唯有在梦境中曾经遇见的那位伫立在春水岸边，气质高贵的姑娘还在，那不正是自己的治子的身影吗？

初恋

那是我十四岁时候的事。我们的村子里住着一位名叫大泽的老先生。虽然这么叫他也许有些不妥，但还是允许我先这样称呼一下吧。

老先生是一位颇具声望的汉学家，只是显得稍微有些顽固。他从不轻易把别人放在眼里，而且无论见到谁，都要讲上一番大道理，还不容他人反驳，所以大家都对他敬而远之。比如，无论是谁在狭窄的田间小路上碰见这位老先生，都要在一段距离之外就主动避让，等待老先生从自己身边通过。这时候，老先生就会更加得意忘形，摆出一副目中无人的样子，甩开大手在村子里阔步横行。

老先生的家就坐落在山脚下，距离我家不到三丁[①]远。四间房舍的格局显得十分雅致，庭院里的树木枝繁叶茂，各式各样的花草欣欣向荣。老先生家里除了他本人以外，还住着他十二

① 丁，同町，长度单位。1町约为109米。

岁的孙女和一个四十岁左右的男用人。三个人在一起的生活，在外人看来略显得冷清了一些，隐约充满了阴郁之气，而实际上也许未必如此。

有一天，我一个人外出散步，不知不觉间走到了老先生家附近的山冈上。走着走着，我猛然间一抬头，发现前方树下有一个人影，定睛一看，正是那位顽固的大泽先生。当时老先生并没有发现有人靠近他，只是坐在松树底下专心致志地看书。老先生的孙女陪坐在他的身边，眺望着远处的大海。听到了我的脚步声，那个小姑娘转过头来，朝我莞尔一笑。紧接着老先生也发现了我，带着他那一贯令人生畏的神情，将他手中的书揣到了自己怀中。

我那个时候正是学校里有名的淘气包，自视甚高，桀骜不驯。再加上年少轻狂的原因，对于大泽先生那种自以为是的做派很是恼火。我曾经自作聪明地想过，早晚有一天我要杀一杀这位顽固的大泽爷爷的威风，最好让他认输、屈服，那样才合我的心意。于是，我走上前去，问道：

“先生，正在看什么书啊？”

“没看什么。你小子问这个干什么？”他用有力而低沉的声音反问我道，让我觉得非常有压迫感。

“我很喜欢看《孟子》，所以想请教请教您。”我的回答正戳中了老先生的要害。因为我知道他曾经抨击过《孟子》，扬言在《四书》当中只有《孟子》是绝对不会加以收藏的，所以不怀好意地往这个话题上引导，从而点燃与他争辩的导火线。

“哼，你小子喜欢《孟子》？”

“是的，我非常喜欢。”

“你跟谁学习过？是谁教过你《孟子》？”

“是我父亲教过我。”

“啊，是吗？那看来你有一个很愚蠢的父亲啊。”

“为什么？您这么说话，岂不是太失礼了吗？这样随便污蔑别人的父亲。”我激动地质疑他。

“你给我闭嘴！狂妄的家伙！”老先生炯炯有神的目光里充满了怒气，对我厉声呵道。与此同时，在他身边一直默默无语的小孙女赶忙拽了拽老先生的衣袖，细声细语地说道：“爷爷，我们回家吧，该回家了！”

我却毫不在意，大声叫嚷道：“失礼了，非常对不起！”以此显示我浑身上下充满了毫不畏惧的勇气。只见老人迅速地从怀里掏出了那本《孟子》，将书在我眼前一亮，说道：

“喂！小子！看看这里。”他让我看的正是“君之视臣如犬马，则臣之视君如路人”的句子。因为我曾经读到过这句话，所以很顺畅很流利地读了出来，却又大声问他：“这是什么啊？”

“你是日本人吗？”

“当然是啊，我不是日本人，是什么人？”

“你这个野蛮的人，混账东西。如果你是日本人，就给我听好了。孟子告诉我们说，君之视臣如犬马，则臣之视君如路人。但是，孔子曾经说过，君使臣以礼，臣事君以忠。我认为，孔子所言才适合我们日出之国的礼义教化。喂！即便是这样，你还是喜欢《孟子》吗？”

我被老先生这样一问，一时语塞，不知如何回答，但我故意挑刺似的马上反问他道：

“那么，先生为什么还要读《孟子》呢？”

老先生似乎被我问住了，停顿了一下。趁着这个当口，我开始一个劲地说了起来：“也就是说，孟子所言之事也不全都是没有道理的，对吧？读来受益的地方还是有很多的。我对那些于我有益的道理非常喜欢。先生，您也是这样想的吧？”我自作聪明地狡辩着。

这时，站在老人身边的小孙女又拉了一下他的衣袖，再次催促着要回家。只见老先生静静地起身，说道：

“你不要说那些狂妄自大的话，读了书是受益还是不受益，是你这毛头小子的脑袋能想明白的吗？今晚到我家来一趟，我要好好地给你讲一讲。”丢下这句话之后，他就和孙女一道下了山。

我不清楚，究竟是我让高傲的大泽先生屈服了，还是大泽先生将我的高傲打败了。总而言之，我觉得至少打击了一点大泽先生嚣张的气势。回到家里，我将此事告诉了父亲。结果，被父亲狠狠地教训了一顿。他严厉地批评我，白天的所作所为是对长辈的侮辱，让我晚上要早点到大泽先生家去赔礼道歉。

当天晚上，我初次拜访了大泽先生家。实际上，并没有提什么道歉的事，老先生非常和蔼又热心地跟我谈了很多很多。我竟然不知不觉间喜欢上了他，感觉就像是和自己的爷爷聊天一样，亲切而又温暖。

在那之后，我每天一放学都会马上跑到先生的家里，大泽先生和他的孙女爱子也总是热情地接待我。先生的家里面和从外面看起来大不相同，完全没有阴郁之气，倒是充满了轻松自由的气氛。男用人太助是个幽默滑稽的人，爱子是个娴静文雅的女孩子，也许是没有去上学的缘故，不太愿意与人搭话。大泽先生就是一个待人很好的老爷爷。我接连往大泽家跑了一个多月，也渐渐变得不再像之前那样自以为是，爱耍小聪明的弱点也有所改变。

有好多次，老先生坐在松树下看书，我和爱子就跑上山冈，坐在石头上一起看落日。

这就是我的初恋，也是我最后的爱恋。我之所以将老先生称呼为大泽，您现在明白了吧？

郊外

（一）

时田先生，虽然名气很大，却只是一位乡村小学校的教师。他那四方形的脸棱角分明，一对眉毛粗黑而浓密，一张大嘴很有特点。时田先生的体格健硕结实，但是个头偏矮，属于五短身材。总之，他就不是年轻女孩子们喜欢的那种类型的男子。

然而，时田先生在学生中、家长中、甚至是村长那里的口碑都是非常好的。他待人和蔼，有着无法言喻的可亲可敬之处。虽然先生不善言辞，但是他那不会说谎的耿直天性让人一眼就能看得出来。无论什么时候，他总是满眼笑意和善地看着别人。

试图规劝时田先生“娶个媳妇儿，成家吧”的大有人在，绝不仅仅是村长一个人在操心此事。但是，先生似乎连一次真正的招呼都没有跟女人打过。今年三十一岁了，却仍然过着租住别人家房子的日子，渐渐地人们对于他的事情也都见怪不怪了。

小梅姑娘一家人和时田先生同住在一栋偏房的公寓里。

时田租住的房间在这处偏房的二楼，房间下面是堆放杂物的库房，院子里的泥土地面上架着梯子，可以用来上下进出房间。公寓里的房间被分割成每八张榻榻米大小一间。房东原本要将饭食送到时田先生的房间里，但是他总是推辞说不要麻烦了。于是，变成他来到正房，跟大家一起用餐。至于每餐吃些什么，先生是完全不介意的。

在学业上，得到时田先生的关照与教诲时，小梅大概已经十岁了。即使后来她没有完成学业，中途退学回家，时田先生依然继续指导她的学习。现如今，她的弟弟小时也已经是二年级的小学生了。他也同小梅一样，时常受到先生的关爱和帮助。弟弟小时虽然在家里被娇生惯养得有些不像样子，但是在学校，小时对先生还是毕恭毕敬的。

从先生住的二楼望出去，远处有一间水车磨坊。虽然隐隐约约只能看到一点点屋檐，却能够清晰地听到那水车的声音。在那个磨坊里，住着一个名叫小幸的男孩，他同样是受到先生照顾的一个孩子。小幸毕业之后，也曾经时常在晚上来到先生的房间里学习外国历史课程。现在，他却因为要在水车磨坊里工作的缘故，停止了之前的学习。这个水车磨坊，因为距离都市很近，所以它的规模不是那些山区里的小磨坊所能比的。磨坊里有好几个硕大的石磨，每个石磨一个月舂米量的价值能达到十四五日元[①]。磨坊里还养着六七匹马，用来拉运米的车辆。像小梅母亲那样的妇女就常常很羡慕和嫉妒磨坊里的一切，觉

① 明治时期日本实行金本位制度，1日元约等于0.75克黄金（约0.5美元）。此数值经过与明治时期的物价进行对比而得出。

得这些都是了不起的家业。

“要是那么羡慕，你自己也弄个水车磨坊经营一下试试？”时田先生有时也会十分认真地说些和他的脾气秉性不相称的话。

“这么一说，那就是要干和小幸工作的那个磨坊一样的生意了吗？那可不行吧，人家那个可是股份制的啊。水车磨坊的活可不是谁说干就干得了的呀。”房东太太冷笑着说道。

“是啊是啊，的确如此。另外，地方也不够啊。”先生真心地表示赞成。于是两个人不再谈水车磨坊的事情，转而将话题移到了小幸的身上。

房东太太时常夸奖小幸，确切地说是每次提到小幸必定要夸赞一番。不过，这次她又谈到了小幸的继母，说她如何如何不厚道，是个可恶的女人，一定虐待了小幸，让那孩子吃了不少亏之类的。

“小幸这么可爱，小小的年纪却都已经有第三位继母了。小幸是他父亲头婚生的第一个孩子，家里的老大真是可怜啊。”房东太太说。

“已经是第三个了？”先生一直以为是第二个，所以质疑道。

“不过，小幸的亲生母亲已经过世了。”她说。

这时，正房前面的院子里来了一位二十四五岁的男子，他个子不高、肤色稍浅、目光温和。这男子慢吞吞地走进来，也不跟谁打声招呼。

“啊呀！小幸，是你呀，我们正在谈论有关你的传闻呢。”房东太太被吓了一跳，惊慌失措地说道。

“时田先生，您好。”小幸问候时田先生道。

“小幸啊，我可有两三天没见到你了。”时田先生回答道。

“哦，我还是老样子，一直很忙。”小幸说。

“快进屋里来，快进来！今天，这是要出门吗？”房东太太看着幸吉的衣装打扮，一边招呼他进屋来，一边问道。

“我去了一趟住在神田的叔叔家。先生，今晚您在家吗？”幸吉回答着，不知怎么的，那语气听起来总觉得有些低沉和失落。

“我在家，有什么事情吗？”先生问。

“没有，没有什么。只是有点……”小幸吞吞吐吐地支吾着。

“今天晚上，我们家应该有浪花节的演出，小幸你也来参加吧。就是梅龙表演啊。欸，几点开始来着？”房东太太突然插话道。

“是这样啊，那我一定来。我先告辞回去了，那么我们晚上见吧。”幸吉说完就回去了。

“小幸今天这是怎么了？怎么感觉有点奇怪呢？”房东太太问时田先生。先生没有回话，支起一条腿坐着，目不转睛地看着房东太太手里干的活。她正在给先生缝补破了的衬衫。

吃过晚饭后，因为还要收拾碗筷，整理打扫榻榻米什么的，正房里依然熙熙攘攘的，十分热闹。等到一切收拾停当，屋里就开始陆陆续续地聚集起大杂院里的住户和街坊邻居们，只听得见人们叽里呱啦的闲聊声。太阳已经落山了，暮色深沉，但是月亮还没有完全爬上来。时田先生的房间里并没有点亮灯火，他一只脚蹬在门槛上，身子斜倚着柱子，若有所思地望着外面。

“先生！”好像是小梅在喊他，时田却沉默着并没有回答。“啊呀，原来先生不在房间里呀。”小梅边说着，转身径直离开了。大概过了五分钟左右，先生一动不动地坐在那里，直直地凝望着东面的树林。直到皎洁的月光透过树枝的缝隙洒下星星点点闪烁的银辉，他才慢慢起身，整理了一下和服的衣襟，捡拾起扔在地板上的鸭舌帽，匆匆忙忙地从楼梯上走了下来。

时田顺着篱笆院墙走了一会儿，突然碰到了不知从哪里蹦出来的小梅。小梅嗓音清亮地对他说：“我也不知道！管不了那么多了。这样难道不好吗？我要议论谁的传闻与您并没有什么关系呀。是吧，先生！”

时田大吃一惊，朝那边树荫的昏暗处看了看。一个男人站在那里，突然间，他往大杂院后面跑了过去，一溜烟消失不见了。

“那人是谁？”时田问道。

“是源公家的那个小子。最近真是变得越来越傲慢无礼啊。先生，您这是要去散步吗？”小梅站在先生身边，仰起小脸盯着他看。

“要是小幸来了，你就告诉他，我去散步了，很快就回来。”时田一边对小梅说着，一边走出了大门。小梅却跟在先生身后一同走了出来，说道：

“先生，您一定要快点回来啊。演出的梅龙都已经来了。

您看，多美的月光。”小梅停住了脚步。时田过了桥，朝着田野的方向走了过去。

大概过了两个多小时，时田先生终于回来了。月光下，有一个人站在桥上，正是等他回来的小梅。

“先生，您去哪里散步了呀，现在才回来。小幸一直在等您呢。”小梅对时田说。

“小梅，你一个人站在这里，干什么呢？”

“我在等先生您啊。小幸来找您，是有什么事吗？”

“我也不太清楚是什么事。能有什么事呢？”

“我总觉得，他好像兴致不高，似乎有什么郁闷的心事。莫非是……？”

“嗯，天气稍微有点冷了。”

时田先生一路和小梅说着话，回到了二楼自己的房间。正房里已经唱到了浪花节的第二折，全都是主角的唱腔，大家伙儿都安静地专心侧耳倾听。

“你去告诉小幸一声，说我回来了。”先生边吩咐着小梅，边穿过了院子里的角门。小梅一阵风似的往正房方向跑，刚刚来到正房前面的院子里，就看见幸吉正好站在院子的大门口。

“回来了？”幸吉低声问道。

“先生刚回来。你要是没什么事了，就去找先生吧。”小梅也轻声地回答道。

“谢谢。”幸吉急匆匆地朝二楼走去，却是一副垂头丧气的样子。

在正房的一个微暗的角落，小梅蹲坐在那里，听着浪花节的演出。可是当大家都哄堂大笑的时候，她却一点笑容都没有。浪花节的第二折唱罢之后，正房里开始微微骚动起来，大家纷纷抽烟的抽烟，去卫生间的去卫生间，一时间人声喧嚷。

“小梅！”母亲东张西望地环顾四周，喊道。

“怎么了？”小梅大声答道。

“你跑到哪里去了，从一开始？”妈妈质问道。

“我一直坐在这里听曲呀。然后有点头疼……”小梅双眉紧锁，轻轻地拍打着头。

“到卧室去，休息！听我的话，去睡觉！”妈妈有些担心地说道。小梅没有回答母亲，依旧蹲坐在那里发呆。这时浪花节的第三折开始唱了，小梅静静地听了一会儿，突然站起身来，刚走到院子里，就被母亲发现了。

母亲似乎有些生气了，半责怪地低声对她说：“到卧室去休息！”小梅简直要哭出来了，摇着头朝外面走去。月光清清冷冷的，让人觉得好似到了秋天一般。庭院里的树影清晰地印在地面上。小梅踮着脚尖，蹑手蹑脚地来到了时田先生所住公寓前面的篱笆墙旁。她隔着篱笆，朝二楼先生的房间方向看。二楼一直是静悄悄的。这时从正房那边传来了阵阵笑声。小梅一边咂舌一边嘴里嘀咕着：“这浪花节演出要演到什么时候才结束呢？”她不知不觉间来到了路上。

忽然间听到，好像桥上有人在说话。小梅心里想，是谁呢？抬头一看，原来只有时田先生一个人。他正倚着栏杆仰望天空。

“啊呀，怎么是您一个人？”小梅吃惊地问道。

“嗯。”时田无精打采地回答她。

“小幸已经回去了？”小梅也来到桥栏旁，目不转睛地盯着时田先生的脸。

“刚刚回去。”时田打了一个哈欠，问道，“小梅，你为什么不去听浪花节演出呢？我正准备来听上一段呢。”

“行行好吧，太没意思了。我倒是听了那曲子，可是一听就头疼发涨，所以才逃出来的。”小梅说道。

两人都沉默了片刻。为了水车取水之需，在桥下，稍微下游一点的位置修筑了拦河坝。因此河水被阻塞淤滞住，仿佛形成了一个细长的小池塘。岸边杂木繁茂，树影投映在河面上形成了暗影，随着水面的阵阵涟漪而上下浮动。月光洒下来照在水面上，光亮如镜。也许不断地有小飞虫掠过水面，原本平静的河水不时地泛起细小的波纹。小梅盯着水面，突然间问道：

“小幸跟您说了些什么？”

“他想搬去神田的叔父家住一阵，过来跟我商量怎么办比较好。”

“先生是怎么回答他的呢？”小梅看着时田的脸，声音似乎有些颤抖，怯怯地问道。但是，时田完全没有注意到小梅的这些细微变化。他若无其事地冷静回答道：“无论怎样，还是住在家里比较好吧。如果离家出走去叔父家住，他和继母之间的关系恐怕将更加难以处理。我劝他别走，但是他哭得很可怜。”

“他哭了？啊，真可怜呀！”小梅也用手抹着泪水，沉默着不说话了。

可是，时田还是没能察觉到这些。他接着说："我也没有再去过多地追问他。好像他的这个继母有一个女儿，据说在海军少将家里帮佣做事。继母想将这个女儿嫁给小幸，小幸却非常反感这样的安排。这样一来，就招惹得继母十分不高兴。但是，换个角度，站在小幸的立场上考虑一下的话，这事也真是够他受的了。"

"哦，原来是这样的呀。我也听说过一些关于这个事的传闻。就是说嘛，不管怎么样也不应该强求他啊。那么做，实在是有些太强人所难了呀……"本来小梅好像还想再说点什么，突然，一个男人走到了桥上来。当他经过小梅身边时，冲着小梅说道："啊呀，这不是小梅吗？晚上好啊！"

一句似乎话里有话的寒暄过后，那男人匆匆地离开了。就在他快要走下桥的时候，突然转回头冲着小梅这边喊道：

"哎呀，忘了，差点忘了，替我给小幸带个好啊。"

"我才不管呢，小菊正在等着你呢吧？你若见到她，替我给她带声好啊。"小梅答道。

"哈哈哈哈哈，谢谢你啊!"这个男的应和着。不一会儿他的身影就消失在了夜色中。

"你刚才提到的小菊，就是铁路道口那个蔬菜店家的女儿吧？"时田先生问道。小梅默默地点了点头，就再也不说话了。

（二）

这天，终于赶上了最近一段时间里难得一见的好天气。但是，由于梅雨季的原因，从第二天一大早开始，天气就变得越来越糟了。到了午后，阴云密布，雾霭弥漫，空中灰蒙蒙的一片，渐渐地竟开始飘起了雨。好不容易碰上了个星期天，结果天气却因为这淅淅沥沥的梅雨变得一塌糊涂。一般人定会被这坏天气弄得满腹牢骚，愤愤不平。然而，时田先生却全然不会在意这些。他端坐在书桌前，检查学生们誊写的草稿，批改一下作文，统计学生的出勤情况。感觉累了的时候，便顺势躺在榻榻米上，看着天花板出神。

看时间，大概下午两点钟左右。外面的雨依然下个不停，在通往二楼的梯子口，有个人探出脑袋来，突然喊了一声："时田！"来客是一位名叫江藤的画家，他比时田小四五岁，虽然说面相颇有些古怪和乖张，但是在说话语气、行为举止这些待人接物的方面，都显得比时田要开朗活泼一些。他们都是青山将军家臣的孩子，祖祖辈辈都是这样的，从小一起长大，一直都是好朋友。

时田将批改作业的红笔往书桌上一扔，仰面问道：

"之前拜托你的事，都办好了吗？"

江藤在火盆旁边坐下，随手端起一杯茶就喝，却装作一脸糊涂地反问：

"啊，什么事来着？"

"喂，那个画帖啊。"时田答道。

"哎呀哎呀，怪我，竟然完全给忘了。失敬失敬。不过，我这里倒是有一个别的东西，想让你看看呢。"江藤说着，拿出了一个包袱皮包着的包裹，打开后里面还密密实实地裹着一层报纸。去掉报纸后，他将一块画板递给了时田。时田默不作声，静静地欣赏着。

“好像在哪里见过这风景，画得不错啊。”

“对呀，你瞧！就是那片森林，皇室的领地。从那里望过去，对面的田野和树林。”

“哦。确实是啊，果然如此。”时田一边说着，一边同自己屋里墙上挂着的一幅水彩画比较着看。

“当然，和您的这幅水彩画比起来，我的这幅画其实并不太好。但是，在这幅画里却藏着一个有趣的故事，所以我才拿来给你看看。接下来，我还要拿着它到别处去呢。”江藤解释道。

时田站起身来，走到火盆旁，“嗯。”他漫不经心地回应了江藤一声，继续听对方说。时田这个人就是这样的，所以他的朋友们通常也不会在意。

“昨天天气那么好，像往常一样，我走出家门到经常去的那片树林里画画。在那条再熟悉不过的小路上，我一边走一边天马行空地遐想。好像还从来没有画过那边的景色呢，反正可能也画不出什么像样子的作品了，索性画一画试试吧。

“坦白地说吧，实际上，最近我开始怀疑我自己。我常常自己问自己，我真的是能成为美术家的天才吗？我真的能作为一个画家取得成功吗？有时甚至觉得就这么放弃梦想吧。可是那个时候，我又常常会想起你来。

“你从一开始就仅仅是一名普普通通的老师，经过十几年努力，也不是什么校长，却自始至终兢兢业业，勤勤恳恳。即使你的同辈中有的人已经成为大尉，学法律的朋友中有的已经成为法官，你也不羡慕，更不会嫉妒，仍然若无其事安分守己地干着自己的本职工作。当然这种选择符合你的性格。不过无论怎样都好，总之，我相信一心一意地做好一件事是你今天能够取得成功的关键。若论成功，没有谁的成功能与教育家的成功相比的了。正所谓教育家的成功才是最高尚最令人钦羡的成功。

“你就是教育家最成功的样子了吧。

“你从家长们那里得到了充分的信任和尊敬，大家无论遇到什么事都愿意找你商量，希望听听你的意见和建议。我认为现在的教育家还没有谁能做到像你这样的。于是我在想，对于我来说，是否是天才、是否成功了等等，类似于这样的问题都不值得讨论。只要始终如一、不慌不乱地做好手边的事，自然而然地心情也就变得轻松自在了。

“昨天，我也是一边走着，一边恰好想起了这些事情。归根到底，无论用油漆画展板墙也好，画五谷神或八幡神社的供奉画像也好，其实都无所谓。既然下定决心了，就应该心无旁骛地坚持下去，力所能及地做到最好。我一直这样想着，不知不觉间走到了常去的那片树林。

“选择画哪里好呢？我犹豫不决。当然，其实树林本身就是可以画的景物，但是正相反，作为一幅画，树林又是最没有什么趣味可以挖掘的地方。最后，我还是决定斜着选取树林的一部分来画一画，也就是从西北面的地平线延伸到西面低洼处，那一片郁郁葱葱的橡树林附近的景色。

“走在大道上，阵阵热浪袭来，让人觉得闷热难耐。但是，当你逐渐走到树林深处，稍事休息，就会感到从林中晦暗处吹来阵阵的凉风，沁人心脾，让人愉悦。阳光透过绿叶树影的间隙投射下斑驳的光。我躺在草地上仰望天空，这是何等美妙静谧的世界啊！多么悠然自得的风景啊！此时，我似乎忘记了一切，就那么安静地注视着，欣赏着，享受着。

“最后，我画出来的就是这样的风景。当然，我自己也知道这幅画有多么拙劣。

“但是，对于我来说，不在乎把这里画上多少次，起码总会有人相信，我凭借自己的能力可以将画作完成到这样的程度。所以几番下定决心之后，无论要反复多少遍，我都要坚持画下去。话说回来，像我这么笨拙的人，也能将这里的风景画出来，也真是一件奇妙的事情啊。

“反复画反复画，画得越多，我就越能发现，比起我的画，这眼前的风景实在是美妙至极，生动可爱。但是我的画如此缺少灵性，画着画着就又觉得心情变得烦闷不安。不管怎么说，我就是画得很差吧。我画的能称之为画作吗？我真是没用啊，也许自己根本就不是画画的材料。

“越是这么想越是讨厌画画，一边想着不画了不画了，放弃画画的念头算了，一边又挣扎着画到了最后。突然，身后树林的方向传来了沙沙沙的奇妙声响。这时，我刚想回头看个究竟，哦不，等等！这样下去肯定是不行的啊，纵然画得再不好，也要静下心来努力画画。正因为画得不好，我才更要努力研习画画啊，不是吗？

“自己已经下过决心，即使是神社里的供奉画像也要好好画，所谓一心一意专心致志不就是这样吗？纵使耳旁有狼在嚎叫，也必须做到心不乱神不散。树林深处刚有一点儿声响，注意力马上就被吸引过去不能继续作画，这样下去是不行的。

这次无论画得多不好，我也要集中精力不停地画，纵使那沙沙声越来越近，我也全然不为所动。然而这声音非常奇妙，正好抓住了我那一心一意想要画画的心。我感到似乎身后有个人，蹑手蹑脚地想要袭击我。这感觉还是让我忍不住想回头一看究竟。但是，既然已经下定决心绝不看一眼，就有了这样坚持到底的意志，如若再回头看，岂不是太令人羞愧了吗？就在是否要回头的纠结之中，我感到若是一旦回头，那成为美术家的理想就渐行渐远了。

“我认为，是否回头看是另一回事，暂且不提。仅仅是那声音入耳，我被那声音干扰，因此变得心烦意乱无法作画，这件事本身就是不行的。如果我真的能专心致志地作画，将自然风景与自己的画融为一体，那么即使响起大炮声我也应该听不到才对。于是，我紧紧抱住画板，排除一切干扰，继续作画。但是，这样做似乎完全起不了什么作用，我还是心绪不宁，心神好像被身后的声音夺走了七八分。

“不妨换个角度想想，也没有必要在回不回头看这件事情上过于执着。实在是在意身后的声音也没有什么了不起，回头看一看，确认一下到底是乌鸦还是狐狸，是小偷、鬼神还是毒蛇蟒虫，或是独眼的毛孩子，或是秃头的大和尚。确认之后，再安心画画也不错嘛。这样胡乱琢磨着琢磨着，我终于忍不住，回头看了一眼，结果真是令我大失所望。原本我想如果回头看了，那么我成为画家的梦想也就失败了。好吧，如果这树林中真有传说中的疯狗，那就让它张开血盆大口，从后面扑上来咬住我的脖子，将我置于死地吧。即使死了也无所谓，那样也算是有骨气、有志气的做法吧。但是如果连这志气都没有，那成为美术家的想法简直就是愚蠢可笑的。到现在没有一幅像样的代表作，却摆出一副不可一世、盛气凌人的架势。转回身让你身后的人看看，或者你主动找什么人看看你。我倒是真想看看自己那副可笑的丑态。那个时候，真的就是这么一边自言自语，一边继续画起画来。

“身后的声音越来越近，越来越响，像是有人脚踏小草和灌木丛发出的声响，近在咫尺，清晰可辨。我的身体就像泡在冰水里一般，僵硬麻木，甚至腋下也已经汗津津的了，这简直就是一种精神煎熬啊。

“我现在完全沉浸在创作之中，但是眼睛和手只是在做机械的运动，我全身的注意力都集中到了身后面。突然觉得有个人确实已经走到身后紧贴我的位置了，却又停下了脚步。我甚至能感觉到他的气息，听到呼吸的声音。面临这阵仗，换作是谁都会被吓得身体蜷缩在一起了吧，天底下还有谁会不害怕吗？像你这样神经反应有些迟钝的人也许没什么事。我这么说有点失礼了啊，反正当时我已经被吓得无法呼吸，头晕目眩了。如果这样子持续三十分钟，我早就被吓得昏死过去了吧。就在这个时候，有个人在我耳边大声地说了句：‘您画得不错啊。’

“我大吃一惊，转回头看，原来是位六十岁左右的老大爷，他正弯着腰越过我的肩膀，仔细地端详着我的这幅画。我生气地冲他大吼道：‘太不像话了，为什么要吓唬我？’老大爷却完全不在乎，面色平静地将背后背着的一大捆枯木枝卸下来，对我说：‘我原来听人说，您是教绘画的老师呢，没承想原来还是个学生啊！’然后一脸颇为钦佩的表情认真地看着画。”

江藤一口气说个不停，话到这里却突然闭住了嘴，直勾勾地看着他对面的时田。猛然间像是想起了什么，又接着说道：“哎呀，早知道我把那个老大爷画下来就好了啊！”一边说着一边拍大腿，后悔不已。住在这山林附近的人们，经常到皇室的领地来捡拾干柴、枯树枝什么的，这当然是违规的。但是他们都毫无顾忌，随随便便地自由来去。无论是时田还是江藤都非常清楚地知道这些情况的存在。所以当江藤仔细想过了之后，他判断，那树林深处的沙沙声响想必就是老大爷他们捡拾枯枝干柴时弄出来的吧。

“这话暂且不论，当时我的内心是羞愧万分的。被老大爷那么一说，我开始非常起劲地画起来。到这幅画基本快要完成的时候，我点了一支香烟吸了起来。老大爷就在那里，一声不吭默默地看着画，不知道他在想些什么。忽然他一脸严肃地对我说，是否能够将我的这幅画送与他。老大爷索要画的理由也是挺有意思的。他悠悠地说道，最近代代木的八幡宫神社正在进行翻新修葺，他想往神社送供奉。紧接着，开始描述重新修缮的八幡宫如何如何气派雄伟之类的。我一边听他讲，一边思考，这幅画对于我来说是个值得纪念的作品，并且这位老大爷也是一位值得我记住的人。如果老大爷将这幅画敬献给神社，万一哪一天我又萌生了中断作画的念头，去到八幡宫，又一次看到这幅画，就会回忆起今天遇到的人和事，可能会重新激发起我奋进的勇气。想到这里，我便下定决心，要将画送给老大爷。他非常高兴，当即表示希望将画带回家。我告诉他，现在拿走还有点困难，待我拿回家，再仔细地润色和修改一下，明天把画给他送到家里。老大爷非常热情地邀请我去他家里坐一坐。还不等我反应过来，他已经急匆匆地要走了，我只好半开玩笑似的跟在他身后，往他家里去了。老大爷的家比我想象的要大得多，院子里堆满了麦子，老大娘和一对年轻的夫妇正在不停地拾掇着。看到我们进来了，大家都围拢过来，一边欣赏画一边倒茶喝，并且你一言我一语热烈地讨论起来。我和老大爷他们约定好，第二天把修改好的画亲自送过去。今天因为下雨，已经不方便送画了。但是让他们一直等着，我又觉得实在过意不去。我想待会儿就给老大爷送过去吧。”

时田一言不发，默默地听着江藤讲，并且没有插话打断他。终于等到他说完了。

“那家农户，不是有个小女孩儿吗？”时田突然一脸认真地问道。

“哦哦，有啊有啊。那小姑娘今年只有八岁的样子。”江藤不假思索地回答道。

“那小姑娘有点可惜了呀。长到十六七岁，模样标致，人也漂亮，说不定还能成为模特呢。我还说想写一部小说什么的呢。”时田说到这里，不禁发出“呵呵呵”的笑声。他总是这样，一说出不符合他自己性格的话，就会自顾自地笑起来。

“那可没有那么容易吧。哈哈哈，当然你想写，也可以试试，不过一定很辛苦吧。”江藤说着就要站起身。这时，只听到篱笆墙外，铁道口蔬菜店的老板大声嚷道：

“昨天晚上又搞上了，都听说了吧？这回是个三十多岁的野小子，看来现在不是野小子还不行了。十七八岁的少妇啊。这天可是越来越热，天一热，人就越容易沉迷于女人。”

“是啊，身上凉了，血就往上涌，都冲到头上去了。然后，人可不就被冲昏头了嘛，就容易发疯啊。”大杂院里有人说道。

“这话可真是会说啊。”江藤嘴里嘟囔着。

大杂院里的人们继续你一言我一语地议论着。

“咱们每天晚上都得到升屋买一瓶‘四合瓶’的药酒来喝，不然也不能因为这事就死在铁道口了吧，哈哈哈。”

“还是药吃得不够吧。今晚跟老板娘说，再增加‘两合。”

“是啊是啊，要是身子变凉了可就不好了。啊，哈哈哈。”有人发出一阵奇怪的笑声。

（三）

那天晚上八点刚过，雨水淅淅沥沥地下个不停。铁道口的那家蔬菜店早早就关了门，店主人盘腿坐在长方形火盆前，大口大口、咕嘟咕嘟地喝着他常喝的药酒。老婆看着他喝药的样子，女儿小菊在旁边做着女红，不时地抬头朝店门口张望。

“果不其然，这‘四合’药酒效力不够啊。”

“果不其然？从何谈起？什么效力够不够的。”老婆已经开始有些发起牢骚了。

“有人说，那个治疗迷魂的药酒，光喝‘四合’，量不够。”

“那是胡说八道的！”老婆根本不知道发生了什么。

“小菊，你去再给我拿‘两合’来！”

“好啦好啦，都是瞎说的。真是荒唐可笑！”老婆生气地说道，像是在训斥他一般。随手拿起烫药壶看了看，说道：“明明这里面还有药酒呢。”

“不管有没有，去再拿‘两合’来。明天也好在人前吹牛啊，不然都没得吹。”

“跟谁说去？你要在谁面前吹牛？荒唐可笑，看你那个傻样子。”

“确实如此啊，他们说得可真是巧妙啊。今天我们去藤屋，说起今天早晨的一件事。大杂院里的人就说，要是身子凉了血就容易往头上涌。他们说得多巧妙啊，多高明啊。于是，我就告诉他们我每天晚上都要喝‘四合’药酒，也没有把命丢在铁道口啊。接着，他们就打诨地说，让我跟你说说，再多买‘两合’药酒来喝。”

“那你还应该对他们说声‘谢谢您的关照’才好吧。”老婆说着，苦涩地笑了笑，女儿也跟着笑了起来。

“所以，让你去再拿‘两合’药酒来嘛。”

“真的，今天就喝到这儿吧，别再去买药酒了吧。路也不好走，小菊也怪可怜的。”老婆轻声说道。

“没关系，我去也行的。”女儿放下手里的针线。

店主人直勾勾地盯着看最后一杯酒，眼睛已经迷迷糊糊了，身体也摇摇晃晃的。他醉眼蒙眬地说道：

“看来还是得喝‘四合’啊。”

一时间，三个人相对无言，都没有说什么。屋外四下无声，安静极了，只能清晰地听见雨在一直下着：

“喂，那个药酒难道没效果吗？”

“哈哈哈哈哈……”店主人大声笑着说道，“但是，俺无论喝得多上头也不会死在铁道上，不好意思啊。还要在被窝里一觉睡到大天亮，说不定还能安乐成佛呢。今天早晨那个野小子，也许这会儿还晕晕乎乎的，还在铁道线路上，分不清东南西北的，一直迷路呢吧。”

“太可怕了啊！喂，我说，咱们还是从这里搬走吧。”老婆觉得心里没底，担心地说。

“说什么傻话呢，死的人都是随随便便就死了，跟咱们没有关系，跟咱们家这个位置更是没有关系。因为铁道口蔬菜店，咱家扬了名，你却要搬家，你要搬去哪里？想死的人，在这个铁道口不需要任何犹豫就去死了，这不挺好的吗？让他们来吧，多多地接触接触这些人，这个是咱家做买卖的秘诀呢。”

店主终归是说了些不要脸的话，然后站起身来往厕所走去，嘴里嘀咕道：

“还不如我在厕所的窗户前给他们念一段超度的经呢。”

“这个老东西。”老婆哭丧着脸，看着女儿。女儿表情非常严肃，一直沉默不语。店主人打开厕所的窗户，窗外仍然下着雨，月亮的微光照得大地一片朦胧。窗户外面就是铁道线。

铁道旁站着一个撑伞的男人，看见店主人推开窗户，嗖的一下躲进旁边人家的院墙后面去了。店主人看到了人影一晃，消失不见了。

“不管怎么说，有命才有一切啊。”他大声地自言自语起来。

“反正是你自己要死，却还是这么战战兢兢的，胆子那么小。如果真是死了，那命可就真的没有了啊。”

这时传来了一声“扑哧”，像是有人强忍着笑似的。店主人却全然没有注意到这些，继续说道：

“只要有命在，什么事情都有可能做到。钱没有了可以拼命再去赚，情人薄情寡义可以再去找新的。可是，如果命没有了，那一切可就真的都消失了啊。”

这时，女儿小菊走了过来，一脸嫌弃地问道：

“您，在这里说些什么呢？”

“我在说有命才有一切的道理啊，难道不是吗？哎，今晚好像死神要收人啊，还是早点回家稳稳当当地好好想想吧。”

“您又在说什么啊？”

“哎呀，还是重新再选个日子吧，反正都是死，选个月圆之夜岂不是更好吗？”

“烦死了！”女儿说着，吧嗒吧嗒地朝客厅方向跑了过去。

“重新想想吧，重新考虑考虑吧。还是那样比较好啊。再见吧。”店主人边说着，边踉踉跄跄地从厕所出来，一下子歪倒在火盆旁，一动不动地昏睡过去，不一会儿就鼾声大作了。

“真的还是快点离开这里吧，我们搬走吧，太可怕了。待在这地方终归没有什么好事，是吧，小菊？”母亲还是做着手里的针线活，看着距离天亮时间还早，睡眼蒙眬地对女儿说，“我们也早点睡吧。”

“是啊，我们睡下吧。”小菊应和着母亲，但是心里好像并不是那么想的。

“光是这个月，算上今天早晨这个，已经是第三个人了吧。我觉得这个铁道口还真的是不吉利呀。”

小菊低着头沉默不语，没有理会母亲的话。母女二人相对无言，各自做着手里的针线活。渐渐地母亲停住了手，频频点头犯困，打起了瞌睡。母亲困倦的样子，小菊都看在了眼里。可是，她却佯装没有看见。过了一会儿，她忽然起身走出客厅，来到玄关的大门前，将门打开一条两寸多宽的缝隙，悄无声息地探出大半个身子，四处张望了一下，然后迅速地来到门外。原来，廊下站着一个男人。昨天晚上，就是他被小梅调侃——给小菊“带声好啊”。

“啊呀，这不是小矶吗？为什么站在那里啊？快进屋吧。”小菊小声说道。

“现在去你家，不太合适吧，今晚就先这样吧。刚才你父亲不是说让我重新好好想想嘛。”男人冷笑着说。

“啊？刚刚，那个站在铁道路口的是你啊。我就想，怪不得我爸那会儿说了些莫名其妙的话。来吧，快进屋，没关系的。”

“我要重新想一想，这么偷偷摸摸的，又要被人家误会成来铁道口找死的了。”男人说着，转身要离开了。

“你把别人都当成傻瓜啊。”小菊好像还想说些什么。这时，只听见屋里的母亲大声喊道：

“小菊，马上要睡觉了！去把大门关上！”

“我看外面好像云都散了，天放晴了呢。”她哄骗着母亲，回应道。

“哎呀，你怎么到外面去了？干什么去了呢？赶快进来，快点关门！”母亲严厉地说道。

“已经能看到星星了啊！”女儿一边说着一边耸了耸肩，看了那个男人一眼，莞尔一笑。

“快点回去吧。”男人说着，转过身急急忙忙地朝铁道口的方向走去，没过一会儿就消失不见了踪影。小菊伸着脖子朝门外望，这次她是真的仰望苍穹，但是并没有看到云开天晴。凉凉的雨雾落在后颈上，她不禁打了个寒战。小菊一边咂舌一边嘀咕着“哪里有星星啊”，随即胡乱地关上了门。此时屋里开始安静下来，陷入一片沉寂。